KB268587

Animal Teachings 애니멀 티칭

돈 브런 글 · 올라 리올라 그림 · 임옥희 옮김

머스트비

동물의 목소리에
마음을 열다

아주 오래전, 사람과 동물은 서로 대화를 나누며 살았다. 선조들은 까마귀, 곰, 거북이, 고래와 같은 동물과 함께 감정과 경험을 자유롭게 주고받으며 서로 이해했다. 그리고 삼라만상이 모두 중요한 의미가 있다고 생각하여 자연의 소리에 귀를 기울였다. 자연의 모든 존재와 사람이 하나임을 알았고, 독특한 삶의 방식을 공유하면서 존재의 다양성을 즐거워했다.

동물은 사람에게 많은 것을 가르쳐 준다. 여우는 눈에 띄지 않게 주변을 경계하는 법을, 호랑이는 주의 집중하는 법을 알려 준다. 또, 거미는 현실을 짜임새 있게 꾸려나가는 창조의 지혜를 보여 준다. 선조들은 이러한 동물의 지혜에 귀를 기울이면서 생존하는 방법뿐만 아니라 번성하는 방법까지 배웠다. 그리고 동물이 주는 슬기로운 조언과 함께 몇 가지 비밀도 발견했다.

그런데 지금, 사람은 왜 자연과의 친밀한 관계와 그들이 주는 축복에서 멀어지게 된 것일까? 왜 '사람'과 '동물'을 구분 지으면서 본래 친구였던 그들과 이별했을까? 심지어 사람은 동물이 멍청하고 영혼이 없는 존재라며 업신여긴다. 그

결과, 그들과의 진정한 관계를 잃고 말았다.

우리는 여전히 '사람이란 무엇인가'를 알기 위해 많은 노력과 대가를 지불하고 있다. 사람만의 언어와 문화, 종교, 기술을 발전시켰고, 사람의 관점이 다른 이들의 관점보다 위에 있다고 평가하며 자연으로부터 더욱더 멀리 떨어져 나왔다.

한편, 고대의 주술사들은 본능에 따라 동물을 신성(神聖)으로 인도하는 안내자로 여겼으며, 동물의 힘을 불러내려고 그들의 영혼과 연결하였다. 주술사는 동물의 깃털, 뼈, 발톱, 가죽 등을 착용한 후 그들의 노래를 부르며 움직임을 따라 했고, 치유 혹은 능력을 통해 동물의 지혜를 사실로 입증했다. 또한, 어떤 이들은 동물과 연대하여 그들이 전하는 '공동의 기억'으로 되돌아가고자 했다.

동물의 지혜는 신화와 전설, 제례의식에 잘 나타난다. 많은 옛이야기 속에서 동물은 사람을 돕고 안내하는 '말하는 존재'로 등장한다. 오늘날까지도 '개미 같은 일벌레'라거나 '쥐 죽은 듯 조용하다'라고 말할 때, 우리는 자연스럽게 동물이

지혜로운 존재임을 인식한다. 스포츠팀, 자동차, 마스코트 등에 동물의 이름을 붙이면서 그들과 함께하고 싶다는 마음을 표현하지만, 대부분 피상적으로만 이를 인식할 뿐이다. 이처럼 동물의 세계는 사람의 존재와 언어 속에서 깊은 유대 관계를 맺고 있다.

우리는 지금 수많은 도전에 직면하고 있다. 세계 기후의 변화, 환경 문제, 경제 파탄, 사회 불안 등이 심화하고 있으며, 삶의 의미와 목적, 그리고 영적인 재결속을 추구하는 것이 필요하다고 느낀다. 지금이야말로 본래 사람이 어떤 존재인지 생각해보아야 할 때이다.

마음 깊숙한 곳에서부터 사람은 모든 것과 항상 연결되어 있다. 그리고 사람은 지상에서 일어나는 모든 삶의 양상들을 기억하고, 지식을 나누며, 함께 창조할 능력이 있다. 특히 오늘날 동물이 사람에게 강하게 요구하는 바는, 각성하여 지구를 돌보고 삶 속에서 기쁨을 느끼며, 반응하는 능력을 되찾으라는 것이다. 이를 위해 먼저 동물의 지혜와 선물이 무엇인지 관찰해야 한다. 그것이 어떤 것이든 간에 동물에 대하여 존중하는 마음을 갖는다면, 분명 느낄 수 있다. 이것이 바로 사람이 예전의 기억을 되찾는 지름길이다.

　동물의 지혜를 발견하는 방법은 의외로 간단하다. 즉, '관찰'에서부터 출발한다. 예를 들어, 깊은 물 속에 살거나 바다를 횡단하는 동물은 사람이 감정의 바다를 항해할 때 도움을 준다. 그리고 동물은 다양한 환경에서 살아가기 때문에 여러 가지 현실에 다양한 인생관을 적용하는 방법을 알려 주기도 한다. 늑대를 통해 독립심과 충성심을 유지하고 가족과 조화롭게 사는 법을 배울 수 있다. 독수리에게서는 날카로운 시각을 연마하고 영적인 안내자와 접촉하는 법을 배울 수 있다. 관심으로 동물의 이야기를 경청한다면, 동물은 아무 대가 없이 그들의 지혜를 선물한다.

　동물의 지혜에 마음을 여는 순간, 우리의 일부가 마음의 고향으로 돌아온다. 지구의 모든 생명체와 사람이 맺는 본질적 관계를 경험한다면, 우리 자신뿐만 아니라 자연 세계와 동물이 주는 선물에 대한 인식이 깊어질 것이다. 동물과의 유대 관계를 다시 회복하고, 공통의 언어를 기억해내며, 의식적으로 삶의 축제에 참여한다면, 우리는 사람다운 사람이 될 수 있다. 스승, 안내자, 멘토, 친구, 그리고 동반자로서, 동물은 우리가 누구인지, 그리고 무엇을 잃어버렸는지 기억하도록 이끌어 줄 것이다.

동물이 가르쳐 주는
인생의 모든 지혜

이 책은 우리 자신뿐만 아니라 동물과 깊이 있는 관계를 형성하는데 도움을 준다. 각 장에는 동물의 특징과 함께 동물이 우리에게 전하는 지혜로운 메시지가 나온다. 동물의 가르침에 좀 더 가까이 다가가도록 이들을 12개의 그룹으로 나눈 후, '의사소통'이나 '기쁨'과 같은 주제에 대해 말하고 있다. 이러한 주제를 순서대로 따라가다 보면 의식을 확장하고 더 심오한 이해에 도달하게 될 것이다.

이렇게 그룹을 분류한 이유는 동물에게서 받은 영감 덕분이다. 각 동물은 다양한 가르침을 제공하며, 여러 부문에 걸쳐 도움을 주는 동물도 있다. 각 그룹은 서로 배타적이지 않지만, 일종의 질서를 가진다. 그리고 동물과 사람이 어떻게 협력해야 하는지를 즐기며 배울 수 있도록 안내한다. 또한, 상호 보완적이라고 생각하지 않았던 동물이 한 그룹에 속해 있는 것을 보면 색다른 재미를 느끼게 된다. 예를 들어, 암소와 펭귄, 프레리도그의 공통점은 무엇일까? 그들은 모두 삶과 자기 자신을 조화롭게 만드는 방법과 균형감에 대하여 말하고 있다.

각 동물에 대한 소개를 보면 사실과 관찰, 그리고 통찰력이 혼합되어 있다. 동

물의 행동, 습관, 독특한 능력을 살펴보면서 그들에 관해 많은 것을 배울 수 있다. 또한, 전설, 민담, 신화에 전해지는 동물의 교훈에서도 지혜를 엿볼 수 있다. 이것이 사람이 동물을 이해하는 일반적인 방식이다. 그러나 이것은 시작에 불과하다. 동물에 대하여 더 많이 알면 알수록 아메리카 원주민들이 말하는 처방(medicine)에 대한 단서를 발견하게 된다. 이 책을 읽을 때 스스로 질문하고 연구하고 세심히 관찰한다면, 동물에 대한 인식을 심화시키는 동시에 그들의 지혜에 담긴 미묘하고 다양한 맛을 음미할 수 있다.

이 책의 내용은 동물이 우리에게 전하는 지혜의 메시지이다. 저자인 내가 이해한 대로 표현했지만, 동물 집단 전체, 혹은 각 그룹을 대표하는 동물의 목소리를 그대로 담고자 했다. 때때로 동물과의 대화를 통해 내가 쓴 내용을 확인하였고, 미처 몰랐거나 말하지 않았던 것에 대해서는 직접 의견을 들었다('동물과 대화를 나누다' 참고).

동물의 견해도 사람의 견해와 마찬가지로 동물과 우리 자신에 대해 더 많은

것을 배울 수 있게 한다. 우리는 연구를 통해서 동물의 생태, 서식지, 행동습관 등을 알아낼 수 있다. 그리고 동물의 움직임과 소리를 흉내 내며 관찰하기도 한다. 또한, 텔레파시로 동물과 대화하거나 직관과 같은 다양한 형태로 동물에게 궁금한 점을 직접 물어보기도 한다. 실제로 동물의 지혜를 배우는 데에는 수많은 방법이 있다.

이 책을 읽는 또 다른 방법은 알고 싶은 내용을 먼저 찾아보는 것이다. 만약 꿈에 대해 알고 싶다면, 그 주제의 도입 부분을 읽고 나서 곰, 잠자리, 그라운드

호그, 도마뱀, 바다표범이 제공하는 다양한 '관점' 혹은 '특질'을 고려해 보기 바란다. 동물마다 고유한 외모뿐만 아니라 독특한 접근 방법을 갖고 있으며, 각 주제에 대한 개성 있는 견해와 처방을 제시한다.

자신에게 무엇이 필요한지 아직 잘 모른다면 천천히 책장을 넘기면서 본능에 따라 읽고 싶은 페이지를 펼쳐보는 것도 좋다. 이런 방법은 본인이 갖고 있는 능력과 무의식을 통해 보편적 지혜에 이르는 간단하고도 즐거운 독서 방법이다.

 ## 차례

*1*장
주의력과 자각 *16*
Attention & Awareness

*2*장
균형 *30*
Balance

3장
의사소통 *44*
Communication

4장
창조와 창의력 *58*
Creation & Creativity

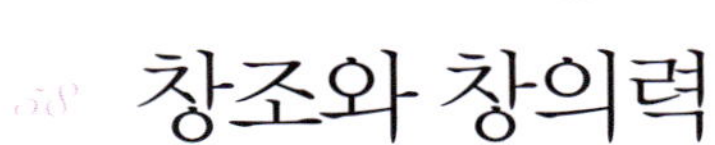

5장
꿈꾸기 *72*
Dreaming

1장

주의력과 자각
Attention & Awareness

지식 습득에 있어 상호 보완적인 주의력과 자각은 자기 자신을 경험하고 세계를 이해하기 위해 필요하다.

주의력은 한 가지 대상에 마음을 집중하고 세심하게 관찰하는 능력이다. 우리는 처음 어떤 대상을 보는 순간 호기심을 갖거나 매혹되지만, 곧바로 감각의 날을 세우면서 인식에 초점을 맞춘다. 주의를 집중할 때 우리의 모습은 발톱을 바짝 세운 고양이처럼 경계심이 가득하며 신경이 날카로워지고, 방어적으로 변한다.

한편, 자각이 제 기능을 발휘할 때 우리는 자동적으로 자신의 행동과 감정을 느낀다. 이러한 자각은 종합적이고 포괄적이기 때문에 소음, 감각, 감정, 냄새, 맛 등 많은 것을 동시에 인식할 수 있다. 자각은 우리를 현재에 머물게 하며, 현재의 자신을 느끼도록 도와준다.

그렇다면 주의력과 자각은 구체적으로 어떻게 다를까? 먼저 주의력은 목적을 갖고 의도적으로 집중하는 힘인 반면, 자각은 자연스럽게 열리고 펼쳐지기 때문에 특정한 대상에 주목하지 않을 때도 있다. 또한, 주의력은 방향성을 가지며 주로 정신에서 비롯되지만, 자각은 우리의 마음과 존재를 관통하는 감정의 흐름이다. 주의력이 배라면 자각은 바다이고, 주의력이 레이저 광선이라면 자각은 조명등이다.

이러한 주의력과 자각을 통해 우리는 감각적인 경험을 걸러낸다. 그리고 경험을 구별하고 변별하기 위해 주의력에 초점을 맞추며, 위험에 대해 경계심을 가질 수 있다. 또한, 먼 거리에서도 느낄 수 있도록 자각을 확장할 수 있다. 그러나 여기서 잊지 말아야 할 것은 균형감이다. 한 곳에만 몰두하면 세부적인 것에서 헤어나지 못하며, 감각을 너무 느슨하게 하면 길을 잃고 방황하기 마련이다.

이 주제를 다루는 이유는 주의를 집중하고 자각할 때 의식의 유연성을 발달시키고 지식의 영역을 확장할 수 있기 때문이다. 대상을 세밀하고 명확하게 겨누어 확대시키면 현상을 면밀히 분석하고 이해할 수 있다. 반대로 전체 그림을 한눈에 볼 때, 육체적 존재 너머에 있는 감각적 경험으로 나아가서 직관을 발휘하고 더 넓은 차원의 존재를 포용하게 된다. 즉, 우리 본연의 모습을 되찾아 이에 주의를 집중하고 자각한다면, 의식은 화려한 꽃을 피울 것이다.

Giraffe 기린

지상에서 가장 키가 큰 포유동물인 기린은 하늘과 땅을 연결한다.

영적인 지혜와 현실적인 깨달음 간에 균형을 갖게 하고,

미래를 살피면서 현재를 살아가야 함을 상기시킨다.

Mouse 쥐

쥐는 호기심과 경계심이 많으며, 세심한 부분에 집중하는 능력도 뛰어나다.

삶 속에서 세부적인 사항들을 관찰하며, 주변 환경을 늘 의식하라고 일깨워 준다.

Rabbit 토끼

토끼는 조용하며 망설이는 듯 보이지만,

은밀한 가르침으로 우리를 놀라게 하는 예리한 관찰자이다.

사물의 이면을 눈여겨보고 내면에 잠재된 공포와 직면하라고 격려한다.

천성적으로 호기심과 관찰력을 타고났으며 탐험을 좋아하는 너구리는,
속임수를 폭로하고 가면 뒤에 숨겨진 것을 밝혀내는 지혜가 있다.

훈련된 주의력과 권위의 모범이 되는 호랑이는
혼란한 마음을 바로잡으며 열정을 일깨워 준다.
또한, 현재 시점에서 우리 존재의 중심을 바로 세우도록 도와준다.

종합적인 관점으로 미래를 내다보는 기린

다리는 땅에, 머리는 하늘에 있는 기린은 두 세계 사이의 연결고리인 개체성과 영적 통찰력을 제공한다. 큰 키와 발달된 청력, 날카로운 시각을 통해 미래의 일을 감지하는데, 광범위하고 우월한 기린의 시야는 우리가 더 먼 곳과 미래를 바라보도록 인도한다. 이때 기린은 균형을 발견하라고 말하는데, 이는 미래의 목표에 관심을 둔 채 충실하게 현재를 살아가라는 뜻이다. 이로써 우리는 자신감을 갖고 각자의 인생에서 힘차게 전진할 수 있다.

기린은 무리지어 살면서 가족과 집단에게 보호와 생존을 의지한다. 이러한 모습은 강하고 사랑이 넘치는 인간관계를 유지하라는 교훈을 준다.

한편, 강하면서도 유연한 기린의 목은 모든 방향을 두루 살피면서 서로 다른 관점을 고려할 것을 시사한다. 그리고 더 높은 곳에 도달하려면 기린이 목을 내밀 듯 우리도 자신의 범위를 확장하라고 조언한다. 기린은 유연성 있는 신체와 관점을 견지하면서 본능적인 자각을 확장하는 방법 또한 잘 알고 있다. 기린은 조용하지만 가끔씩 상대를 노려보기도 하고, 의사소통을 위해 목과 꼬리를 움직이기도 한다. 즉, 침묵의 중요성과 조용한 사색 속에서 기쁨을 찾는 방법을 알려 주는 것이다. 이처럼 기린은 고요한 명상으로 우리를 안내하는 훌륭한 가이드이다.

요약하면, 기린은 현실에 굳건히 발을 디딘 채 넓고 포괄적인 전망으로 자신이 가진 주의력과 자각을 서로 연결하라고 말한다. 이러한 기린의 지혜는 어떤 일이 무리라고 생각될 때 특히 용기와 위안이 된다.

"의식의 균형을
발견하라"

우리는 우리 아이들과 땅을 사랑합니다.

또한 밝고 넓은 하늘을 마음껏 즐기면서 살지요.

우리의 큰 키는 한 방향으로 너무 치우치지 말고

항상 자기 자신과 평형을 유지하도록 일깨워 줍니다.

우리가 당신에게 전하고 싶은 메시지는

'몸 안에 존재하는 의식의 균형을 발견하라'는 것입니다.

우리 몸의 중심에는 높은 곳과 낮은 곳,

하늘과 땅 가운데에 위치한 열린 공간이 존재합니다.

우리는 움직일 때 이 공간을 통해 내면적인 평온과

깊은 균형감각을 감지하며,

이 느낌은 우리의 영혼을 향해 노래하지요.

우리가 삶에서 큰 만족을 느끼는 것은 바로 그 때문입니다.

당신 또한 우리의 안정성을 함께 나누며,

새로운 움직임에 적응할 때마다 우리처럼 '중심 잡힌 힘'을 느껴보기 바랍니다.

더불어 탁 트인 공간과 깊고 중심 잡힌 평화가 주는 기쁨도 느낄 수 있을 거예요.

당신이 마음속에서 이와 같은 자각을 찾기를 바라는 우리는 기린입니다.

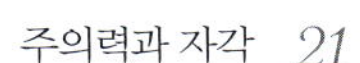

관찰과 각성으로 작은 자의 힘을 보여 주는 쥐

세심한 성격을 가진 쥐는 타고난 수사관이자 탐정이다. 쥐는 작은 굴 안에 몸을 숨기는 등 작은 몸집이 주는 장점을 잘 사용할 줄 알며, 안전한 장소에서 삶을 관찰한다. 또한, 날카로운 감각과 예민한 수염을 이용하여 다니는 장소를 감지한다. 이런 쥐를 통해 우리는 어두운 곳에서도 주변 환경을 인식하고, 행동하기에 앞서 상황을 파악하는 법을 배운다.

행동이 빠르고 날렵한 쥐는 탐험과 세심한 관찰을 좋아하며, 장애물을 빠르게 피하는 놀라운 재능을 타고났다. 우리에게도 용감하게 세상을 여행하고 탐험하라고 말한다. 이와 반대로 신중한 성격 덕분에 위험에 대한 경각심을 갖고 늘 조심하라는 경고도 잊지 않는다.

한편, 쥐는 사물의 양면성을 잘 알고 있기에 어떤 상황이 가진 장점과 단점을 모두 고려하라고 가르친다. 그리고 큰일을 성취하기 위해 처리해야 할 작은 일들에 관심을 두고 집중하라고 말한다. 더불어 생각을 정리하고 선택사항을 검토하는 법도 알려 준다. 쥐는 처음에는 작고 하찮아 보이는 것이 더 큰 의미와 목적으로 발전할 수 있음을 보여 주면서 '세부사항에 집중하라'고 강조한다. 우리는 결정을 내리기 전에 계획을 잘 세우고, 너무 성급하게 상황에 뛰어들지 말라는 쥐의 메시지에 귀 기울여야 한다. 그러나 쥐를 너무 닮다 보면 사소한 것에 얽매여서 큰 그림을 보지 못해 한걸음도 떼지 못할 수 있으므로 이 점을 주의해야 한다.

작은 쥐가 사람에게 큰 공포심을 준다는 사실은 정말 아이러니하다. 인디언 신화를 보면, 코끼리의 머리를 가진 위대한 신 가네시(Ganesh)를 등에 짊어지고 있는 동물이 바로 쥐이다. 이것이 바로 작은 자의 힘이다.

"작은 일을 소중히 해야
큰일을 잘 진행할 수 있다"

맞아요, 우리는 작습니다. 그렇지만 우리는 강하며, 강력한 치료제를 가지고 있어요

우리는 경청하는 사람들에게 좋은 친구가 되며,

종종 어린아이들이 안전한 곳에 숨을 수 있도록 도와주기도 합니다.

우리는 더 의식적인 방법으로 당신을 돕기 원합니다. 당신은 그냥 요청만 하시면 돼요

우리는 주로 작은 틈새에서 사람들이 감지하지 못하는 방식으로 일하는데,

이는 사소하지만 중요한 결과를 가져옵니다.

어떤 각도가 가진 윤곽을 한번 떠올려 보세요

우리는 비록 중심에 있는 작은 점일 수도 있지만, 물리적, 정신적 활동 범위는 훨씬 더 넓습니다.

작은 것이 큰 것의 시작이며, 씨앗이 나무의 시작이라는 사실을 잘 알고 있지요

작은 일을 소중히 한다면 큰일이 원활하게 전개되고,

결국 모두에게 그 혜택이 돌아간다는 사실을 꼭 기억하세요

적절한 타이밍을 노리며 타고난 직관을 신뢰하는 토끼

예민하고 빠른 판단력을 지녔으며, 즉흥적이고 예측할 수 없는 토끼는 예리한 관찰자이다. 토끼는 보이지 않는 힘을 이해하는 동시에, 위험에 직면했을 때 어떻게 처신해야 하는지 잘 알고 있다.

토끼는 우리에게 자신의 감정을 의식하고 직관에 집중하며, 주변 상황에 관심을 기울이라고 가르친다. 그렇게 해야 기다릴 때와 도약할 때를 구분하여 가장 적절한 타이밍을 잡고, 이미 추진 중인 계획에 가속도를 낼 수 있다.

겉으로는 소심하고 겁이 많아 보이지만, 사실 토끼는 역설이나 은밀한 가르침과 밀접한 연관이 있다. 부드럽고 점잖은 토끼가 우리를 어두운 세계로 인도하는 강력한 안내자라고 생각해 본 적이 있는가? 숨겨진 이면을 들여다보려고 한다면, 토끼는 우리를 낮고 어두운 세계로 안내하여 숨통을 조여 오는 무의식적인 공포를 발견하게 한다.

따라서 토끼를 멘토로 삼으면, 자신의 기지를 사용하고 직관을 신뢰하여 공포를 이겨내는 법을 배우게 된다. 토끼는 우리에게 근심스러운 생각을 증폭시키지 말라고 당부하는데, 불안과 공포는 우리가 두려워하는 것이 현실이 되도록 작용하기 때문이다. 토끼는 공포를 밖으로 드러내고, 자신에 대한 사랑과 연민으로 두려움과 맞서라고 조언한다.

마지막으로, 토끼는 평화로운 기쁨을 보여 준다. 토끼는 행운과 행복의 상징으로, 건강, 다산, 풍요, 재산을 불러온다. 또한, 문학 작품에 등장하는 토끼는 요정 세계와도 관련이 있어서, 세상에 존재하는 마법을 알아보게 한다. 마술사의 모자에서 토끼가 나오는 이유도 바로 여기에 있다.

"자신의 어두운 면을
직시하라"

과거에는 우리의 지혜 대부분이 신화와 이야기에 담겨 전해졌지만,

요즘 우리는 직접 사람들과 관계를 맺고 있습니다.

우리는 많은 사람들이 자신의 내면에 어두운 생각과 감정을 감추고 있다는 점을 잘 알아요.

당신이 마음의 짐을 덜어내려면 자신이 누구인지 살펴보면서 자신에게 솔직해져야 합니다.

나라는 존재의 어두운 면을 직시하여 두려움에 맞설 때,

당신은 비로소 대단히 귀중한 무언가를 발견하게 될 거예요.

과거에 우리는 달과 관련이 있었고, 때로는 달로 뛰어드는 모습으로 그려졌지요.

이것은 우리가 비행과 달빛의 에너지를 갖고 있기 때문입니다.

당신에게 하고 싶은 말은, 자신의 어두운 부분을 되찾아서 마치 자식인 양 사랑하라는 것입니다.

그 또한 당신의 일부이니까요.

이런 시도가 반복될수록 당신의 몸과 마음은 한결 가벼워집니다.

그리고 우리와 함께 깡충깡충 뛰면서 가벼운 마음이 주는 기쁨을 누릴 수 있게 될 겁니다.

위장과 기만을 발견하도록 도와주는 착한 사기꾼 너구리

검은 얼굴 때문에 눈에 잘 띄는 너구리는 상대를 속이고 유인하는 능력이 있는 착한 사기꾼이다. 상대편의 속임수도 잘 식별하기 때문에 우리가 가진 위장과 자기기만을 발견하는 데 도움이 된다. 야행성에 속하는 너구리는 호기심이 많아서 모험과 탐험을 즐긴다. 감각적이고 재주 많은 발로 뚜껑을 열고, 빗장을 들어 올리고, 창문을 열며, 문고리를 돌리기도 한다. 또한, 사람의 생활방식에 익숙한 너구리는 스스로 먹이와 잠자리를 구한다. 그런데 너구리의 에너지가 지나치게 되면, 이는 문제의 원인이 되기도 한다.

한편, 너구리는 관찰력이 뛰어나며 새로운 상황에 쉽게 적응한다. 너구리의 처방은 우리의 긴장을 풀어주고 관찰력을 키우며, 강한 호기심을 갖도록 한다. 그리고 비밀스러운 성격의 너구리는 다른 이의 비밀도 잘 밝혀낼 만큼 주의력이 뛰어나다.

이처럼 위장을 폭로하는 데 선수인 너구리를 통해 우리는 가면을 식별하고, 인생이 항상 겉보기와 같지 않다는 점을 배울 수 있다. 게다가 가면의 이점도 알려주는데, 각 가면은 다양한 삶의 관점을 반영하기 때문에 새로운 방식으로 세계를 인식할 수 있다.

너구리는 우리 자신에게 유리하도록 가면을 사용하는 방법과 상황에 맞게 가면을 바꿔 쓰는 법, 그리고 필요 없는 가면을 버리는 방법을 가르쳐 준다. 우리가 자아의 가면을 더 많이 벗을수록 더 심오한 영적인 자각에 이르게 된다.

너구리의 처방은 종종 긴 시간을 요구하는 배움의 과정일지도 모르지만, 너구리는 우리가 준비되었을 때 변화할 수 있도록 도와준다. 당신이 너구리와 만난다면 이는 머지않아 진정한 자아가 드러난다는 암시이다.

"확실한 것
너머에 있는 것을 보라"

우리는 점잖은 동물입니다. 자신을 방어하거나 새끼를 보호할 때는 매우 사나워지지만,

평소에는 여유롭고 느긋하게 인생을 즐기지요.

우리는 보통 따뜻하고 보송보송한 잠자리나 좋은 음식이 주는 안락함을 추구합니다.

그리고 기회를 포착하는 방법을 잘 알고 있습니다.

따라서 찾으려는 마음만 있다면 당신 또한 언제든지 필요한 것을 얻을 수 있습니다.

삶의 풍성함을 감지하는 '너구리의 눈'을 한번 이용해 보세요.

우리는 호기심 많고 탐험을 즐기는 사람들과 함께하기를 원합니다.

만약 당신이 지루하고 답답한 사고와 행동에서 벗어나고 싶다면 우리가 도와줄게요.

우리는 영리하며, 사방을 뒤져서라도 비밀을 잘 찾아내기 때문이지요.

당신이 확실한 것 너머에 있는 것을 보기 바랍니다.

그리고 약간의 재미와 모험을 즐기고 싶다면 우리와 함께 어울려 보세요.

우리는 어둠 속에서도 볼 수 있고, 파티를 제대로 즐기는 법도 알고 있거든요.

완벽하게 현재에 존재하는 집중력의 대가 호랑이

홀로 있기를 좋아하며 조용히 움직이는 밤의 사냥꾼 호랑이는 '지금 이곳'에 관심을 둔다. 호랑이는 날카로운 발톱을 감춘 채로 항상 자신의 감정을 다스리며, 필요한 경우에만 공격한다. 그리고 타이밍을 잘 포착하므로 성공을 즐긴다.

호랑이는 우리에게 집중과 인내의 중요성과 함께 순간적인 기회를 잡는 법을 알려 준다. 또한, 산만한 정신을 다스려 더 의식적으로 자각할 수 있게 도와준다. 만약 당신이 호랑이의 강렬함을 배우고자 한다면, 완벽하게 '현재'에 존재해야 한다.

호랑이는 평소 장난을 삼가며 목적의식이 뚜렷하다. 하지만 잠재된 열정을 끌어내어 새로운 모험을 준비하도록 우리를 자극한다. 호랑이가 등장할 때 완벽할 만큼 강렬한 삶에 대한 새로운 반응을 느끼는 것은 호랑이의 에너지가 강하면서도 감정적으로 깊이가 있기 때문이다. 우리가 호랑이와 공감대를 이룬다면 은밀하면서도 세련되게 자아의 정글을 누빌 것이다.

호랑이는 독특한 줄무늬와 장엄한 자태를 뽐내는데, 이는 균형감각을 의미한다. 즉, 조용하지만 활력이 넘치며, 분명하고 완벽하게 집중한다. 또한, 잘 훈련된 의식과 헌신으로 불교인들의 존경을 받고 있는 호랑이는 깨달음과도 깊은 관계가 있다.

호랑이가 전하는 처방은, 자신을 통제하고 정직하게 자신의 의지를 사용하라는 것이다. 호랑이와 함께한다는 것은 우리가 우리 자신의 주인이 됨을 뜻한다. 호랑이는 우리의 자각에 집중하여 독립심과 자신감, 그리고 건전한 자아의식을 갖고 살아가라고 격려한다.

호랑이가 우리를 부른다면, 이는 자신의 감각을 깨워 열정에 따라 현재 이 순간에 중심을 두라는 메시지로 이해하면 된다.

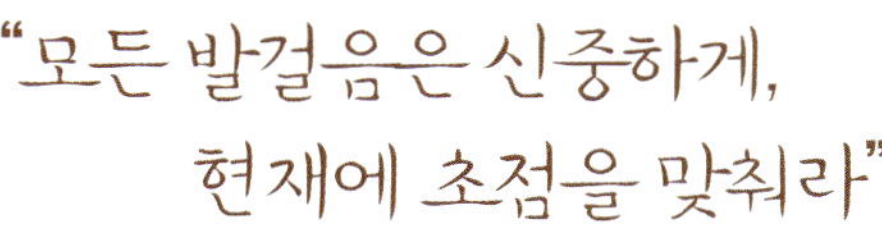

"모든 발걸음은 신중하게,
현재에 초점을 맞춰라"

우리는 진실을 말하며, 당당하게 우리의 길을 걸어갑니다.

모든 발걸음은 신중하며, 현재에 초점을 맞추지요.

또한, 항상 우리 모습 그대로이기를 원합니다.

이것이 자신이 원하는 모습 뒤에 숨는 사람들을 위한 가르침입니다.

우리와 같이 자신을 완벽하게 이해하고,

온몸으로 당당하게 인생과 맞서기를 바랍니다.

우리가 이 땅에 존재하는 것은

호랑이라는 존재의 본질이 어떠한가를

의식적으로 보여 주기 위함입니다.

이와 같이 우리는 육체와 영혼을 함께 고려합니다.

그리고 몸을 관통하는 생명의 흐름을 느끼며

나아갈 방향을 정합니다.

그래서 타이밍의 정확성을 즐기는

우아한 존재가 되었지요.

우리는 아주 세밀한 부분까지도 살피는

주의력을 가졌습니다.

덕분에 광활한 정글 어디에서도 우리는

편안하게 지낼 수 있어요.

당신이 험난한 길을 걸어갈 때,

우리의 끈기와 전진하는 힘, 방향성,

그리고 진정한 자아를 개척하는 법을

가르쳐 드릴게요.

2장

균형

Balance

균형은 모든 것이 괜찮다고 말한다. 따라서 균형 잡힌 삶은 차분하고 꾸준하며, 지나치게 염려하거나 걱정하지 않는다.

균형 속에서 우리는 삶의 자연스러운 흐름과 연결되어 있음을 느낀다. 그리고 현재를 살며 자기 안에서 편안함을 누린다. 내면의 지혜와 능력을 이용한다면 우리는 어떤 상황과 마주치더라도 자발적으로 반응하며 즐거워할 수 있다. 또한, 내면의 균형을 믿을 때, 새로운 생각을 주저 없이 시도하게 된다.

우리는 움직일 때 종종 균형을 발견한다. 자전거를 탈 때, 페달을 부드럽게 밟으면서 균형을 잡는다. 걷기, 수영, 춤, 서핑과 같은 모든 운동에서 발생하는 탄력은 균형을 잡기 위한 신체적 반응을 일으킨다. 이처럼 움직이는 삶의 흐름 속에서 균형을 느끼는 것이다. 중대한 변경 혹은 사소한 변화에 적응하거나 조정이 필요할 때, 우리의 몸은 저절로 균형을 잡는다. 균형 잡힌 시각은 변화하는 삶의 순환을 즐기도록 한다.

이미 안다고 생각했던 것을 버리고 현실 자체에 마음을 여는 것은 정신적 균형을 찾는 한 방법이다. 기복과 반전으로 인생이 엉망이 되었을 때조차도 똑바로 서서 삶의 조화를 느끼려고 노력한다면 균형을 찾을 수 있다. 균형은 우리에게 몸, 마음, 영혼의 안정과 평정을 선사하여 흔들리지 않게 한다. 즉, 균형 잡힌 삶은 모든 면에서 적절한 비율을 유지하는 것이다. 따라서 일과 휴식, 고독과 친목을 번갈아 즐기는 것이 필요하다.

균형은 중심을 잡고 자아의 본질을 기억하도록 돕는 판단 기준이 된다. 균형 잡힌 자아는 내면의 감정을 그대로 표출하지 않는다. 따라서 우리가 진보한 균형감각을 갖출 때, 자아의 다양한 측면을 볼 수 있다. 균형을 이루는 것은 내면의 통일성과 다양성을 동시에 얻는 일이다. 결국 균형은 열린 마음이자 우리를 관통하는 삶의 흐름이다.

• *Camel* 낙타

광활한 사막을 건너는 낙타는 인내를 위해 시간과 공간의 균형을 잡는다.
낙타는 환경에 적응하면서 내면의 균형을 찾아
먼 길을 떠나는 법을 우리에게 알려 준다.

• *Cow* 암소

암소는 가족과 초원, 무리와 대지 간에 평화로운 관계를 맺는다.
점잖고 감성적인 이들은 삶 속에서 선함을 발견하며,
만족이라는 균형 잡힌 가르침을 제공한다.

Penguin 펭귄

민첩하고 우아한 몸짓을 가진 펭귄은
바다와 육지를 연결한다.
현실 사이를 자유롭게 움직이는 법과
인생을 바라보는 우리의 관점에서
균형을 발견하도록 돕는다.

Prairie Dog 프레리도그

프레리도그는 외향적이고 호기심이 많으며,
조직적으로 효율성있게 행동한다.
일과 놀이에서 균형 잡는 법과
큰 집단 내에서 조화로운 질서를 만드는 법을 가르쳐 준다.

Wolf 늑대

늑대는 지적이고 직관적이며, 충성심이 강하고 사랑이 많은 동물이다.
자유와 책임 사이에 균형을 잡아 주고, 자신의 길을 고결하게 걸어가도록 돕는다.

인내심으로 균형을 유지하며 긴 여정을 완수하는 낙타

종잡을 수 없으나 인내심이 강하고 지적인 낙타는 가혹한 환경에서도 균형을 찾아 살아남는 방법을 보여 준다. 무거운 짐을 지고 사막에서 장거리를 이동하는 낙타를 보면서, 인내의 시간 동안 힘을 아끼면서도 예상치 못한 체력까지 발견한다는 것을 깨닫는다.

예로부터 낙타의 장거리 여행은 아주 적은 양의 물로 오랫동안 견디는 낙타의 능력과 관련이 있다. 긴 눈썹과 닫힌 콧구멍은 모래 폭풍을 막아 주며, 넓은 발은 변화무쌍한 지형에서도 잘 걸을 수 있다. 낙타는 자신을 보호하는 법과 먼 길을 가거나 험난한 곳을 여행할 때 짐을 가볍게 하는 법을 가르쳐 준다. 또한, 시간과 공간의 균형 잡는 법을 터득한 낙타는 우리에게 생존법을 전해 준다.

낙타의 혹은 에너지를 저장하며 특수한 신진대사를 통해 물을 절약한다. 이러한 낙타의 지혜를 통해 우리 또한 신진대사와 완급을 조절하며 안정된 에너지 수준을 유지할 수 있다. 특히, 가뭄 등의 자연재해가 닥칠 때 낙타는 우리의 조력자가 될 것이다.

낙타의 외모는 힘든 여행이나 어려운 시기가 우리 앞에 놓여있음을 나타내지만, 동시에 성공을 향한 불굴의 의지 또한 우리 안에 존재한다는 것을 깨닫게 한다. 낙타는 불가능해 보이는 것을 성취하도록 영감을 주며, 모든 것이 잘될 거라는 신념을 심어 준다.

낙타는 아주 짧은 시간 동안 낮잠을 자면서 원기와 균형을 회복한다. 낙타는 우리가 재충전하면서 힘든 상황과 어려운 여정을 견디도록 안내한다. 낙타에게 비축된 여분의 에너지를 받는다면, 우리 삶은 더 활기차게 될 것이다.

"작은 걸음으로
　　　먼 거리를 가라"

우리는 끈기와 인내심이 강합니다.

따라서 당신에게 인내를 위한 끈기와 균형을 가르쳐 주고 싶습니다.

우리는 한 발 한 발 나아가되 모든 것을 헤쳐 나가지요.

'작은 걸음이 모여 먼 거리를 간다', 이것이 바로 우리가 아는 진리입니다.

우리는 시간과 공간 속에 펼쳐진 기나긴 길 위에 서 있는 자신의 모습을 상상합니다.

내딛는 한 걸음마다 과거가 열리는 것과 이전에 이 길을 걸었던 낙타들을 느낍니다.

또한, 이곳에서 저곳으로 이어지는 긴 낙타의 행렬을 봅니다.

우리는 이렇게 과거와 미래, 그리고 현재 우리가 속한 것을 토대로 삼지요.

그리고 끊임없이 변하는 시공간의 모래밭에서 균형을 찾아냅니다.

당신이 우리를 통해 당신 안에 있는 균형감을 발견하기 바랍니다.

Camel Says

다 함께 누리는 평화의 만족감으로 균형을 이루는 암소

감성적인 눈과 조용한 지성은 배려심 많고 베풀기 좋아하는 암소의 본성을 나타낸다. 암소는 대지와 친밀한 관계를 맺으며, 가족과 함께 있거나 초원을 거닐 때 평화를 느낀다. 암소가 가르쳐주는 균형에 대한 가르침은 '만족'이다.

차분하고 너그러운 성격의 암소는 무리와 함께 나누는 법을 알고 있다. 따라서 한곳에 정착하거나 변덕스러운 기분을 가라앉힐 때 도움이 된다. 또한, 느긋한 마음으로 현재를 살며 행복하고 균형 잡힌 자아의식을 발견하도록 돕는다.

암소는 송아지뿐만 아니라 사람에게도 자신의 젖으로 영양분을 공급한다. 생명을 주고 아이들을 보호하는 암소는 양육과 모성적 헌신의 전형이다. 황소의 에너지가 대담하고 남성적인 반면, 암소의 에너지는 부드럽고 여성적이다. 황소는 태양을, 암소는 달을 상징한다. 그리고 황소와 암소는 모두 비옥과 풍요, 남성에너지와 여성에너지의 균형을 나타낸다.

암소와 달은 몇 가지 관련성을 가진다. 그러나 암소는 대지와도 관련이 있어서 달의 리듬과 대지가 주는 안정성 사이에서 균형을 잡는다. 순하고 감성적이며 조용하고 느긋한 암소는 인생에서 선량함을 구하지만, 때로는 다른 동물보다 먼저 위험을 감지하기도 한다.

암소는 우리에게 부드러운 인내를 통해 자신의 잠재력을 가능성으로 바꾸도록 자극한다. 어떤 계획을 실행할 때 동기를 부여하고 격려하며, 필요에 대하여 균형 잡힌 견해를 제공한다. 암소가 우리에게 전하는 통찰력과 평온함을 느껴보기 바란다.

"삶의 속도를 늦추고
나눔의 공동체 안에 정착하라"

우리는 대지와 사이좋게 지내며 풀을 뜯고 거닐기를 좋아합니다.

어린 새끼나 다른 친구들과 함께 교감하는 것 역시 즐기지요.

그럴 때면 우리의 몸 안에서 모두를 연결하는 부드러운 박동이 흘러나오는 것을 느낍니다.

우리의 메시지는 '삶의 속도를 늦추고 발밑의 땅과 풀밭의 냄새를 느끼며,

나눔의 공동체 안에 정착하라'는 것입니다.

그리고 인내심을 가지세요.

반응에 앞서 자기 경험을 충분히 소화해 보세요.

우리는 생소한 것마저도 담담히 받아들이며, 결국 평온함으로 승화시키려고 노력하지요.

이 대지가 그러하듯 우리도 당신을 보호하며 후원하기 원합니다.

당신이 생명체의 일부로 우리와 연결되어 있음을 기억하세요.

그리고 우리 모두에게 흐르는 사랑을 깊이 느끼며 살아갔으면 합니다.

당신을 사랑합니다.

다양한 현실 사이에서 균형을 이루는 변화 전문가 펭귄

펭귄에게 수수께끼와 같은 점은 날개를 나는 데 사용하기보다 헤엄치는 데 사용한다는 것이다. 특별한 점이 또 하나 있는데, 위에서 볼 때 검은 등은 물과 섞이고 아래에서 볼 때 흰 배는 하늘과 어우러진다. 이러한 펭귄의 우아한 복장은 두 세계 사이에서 편안하게 살아가는 능력과 균형이 주는 교훈을 암시한다.

펭귄은 시력이 나쁘며 후각도 좋지 않다. 게다가 뒤뚱거리며 어색한 모습으로 걷는다. 그러나 물속에서는 우아하고 편안한 자태로 헤엄친다. 즉, 육지에서와 달리 물에서는 능숙하고 민첩하다. 펭귄은 두 세계를 연결하고 균형을 이루는 법을 알고 있다. 따라서 자신이 가진 장점과 약점을 인정하면서 편안하게 살라고 우리를 격려하고 자신감을 북돋워 준다.

바다에서 육지로 뛰어오르는 펭귄을 보면 신속한 변화의 전문가임을 알 수 있다. 펭귄은 다른 환경에서도 능숙하게 적응하는데, 한 차원에서 다른 차원으로 부드럽게 이동하는 모습은 마치 유체이탈을 하는 듯 보인다. 이로써 꿈과 깨어있는 의식을 연결하고 현실 세계를 이동하며, 숨겨진 것과 드러난 것 사이에서 균형 잡는 법을 알려 준다.

짝을 이룬 펭귄은 '턱시도'를 격식에 맞게 차려입고 서로에게 인사한다. 신사의 이미지처럼 펭귄의 행동은 대체로 질서정연하다. 따라서 우리가 자신과 타인을 존중하고 예의를 지키며 사회성을 키우는 데 도움이 된다.

끝으로, 펭귄의 출현은 다가올 변화에 대한 경각심을 갖게 한다. 동시에 자신의 외모를 바꿔야 할 필요가 있다는 조언도 얻을 수 있다.

"소속감을 느끼며,
있는 그대로의 자신을 인정하라"

우리는 물 밖으로 뛰어오르거나 해변에서 뒤뚱거리며 걷는 것을 좋아합니다.

배를 바닥에 깔고 미끄럼을 타면서 놀다가 바다로 다시 뛰어드는 것도 자주 하는 행동이지요.

수영하거나 먹이를 먹고 새끼를 기를 때, 우리는 동료의식을 느낍니다.

큰 무리를 지어 왁자지껄하게 사는 것을 좋아하지요.

그렇지만 우리의 삶은 질서정연하며, 자신이 누구이고 어디에 속해있는지 확인하려 합니다.

당신에게 주는 교훈은 '소속감을 느끼라'는 것입니다.

즉, 자신이 어떤 분야에서는 탁월하지만,

다른 분야에서는 남들처럼 능숙하거나

자연스럽지 못하다는 사실을 받아들여야 합니다.

자신의 다양한 존재방식을 받아들일 때

많은 것을 배울 수 있으니 염려하지는 마세요

당신이 자신 안에서 균형을 찾아 적응하도록

우리가 도울게요

신념을 갖고 도약하며,

현재 모습을 인정하고 꿈을 이루는 방법을

우리에게서 찾아보세요

당신도 우리처럼 균형 잡힌 편안함을 통해

세상을 바라보기 바랍니다.

위아래의 균형을 취하며 단란한 관계를 지향하는 프레리도그

외향적이고 사교적인 프레리도그는 커다란 사회적 집단 속에서 친밀한 관계를 맺기 좋아한다. 이들은 질서를 유지하며 화목하게 지내고, 복잡한 규칙과 장치를 가진 사회를 발전시켜 왔다. 이렇게 조직적이고 효율적이지만, 호기심이 많아서 즐겁게 뛰노는 것도 좋아한다. 따라서 프레리도그는 일과 놀이의 균형 맞추는 법을 잘 알고 있다.

프레리도그는 이웃 혹은 마을 안에서 가족을 이루며 산다. 재빠르고 유능한 이들은 영리하게 계획을 세우고 질서정연하게 사는 법을 터득하고 있다. 프레리도그가 이루는 마을의 규모는 수십만 제곱미터로, 수백만 마리가 그 안에서 산다.

프레리도그는 함께 자고 함께 먹이를 나눈다. 그들은 코를 맞대면서 서로 인식하고, 포옹으로 인사를 나눈다. 이를 통해 양육, 협동, 가족애, 그리고 접촉의 기쁨을 우리에게 전한다.

또한, 프레리도그는 신속한 반사작용과 정교하게 조율된 몸짓으로 빠르고 능숙한 의사소통이 가능하다. 접근하는 포식자의 크기, 유형, 속도, 방향 등을 독특한 울음과 찍찍거리는 소리로 단 한 번에 묘사하여 정보를 명확하고 간결하게 전하는 지혜를 보여 준다.

이들은 지상과 지하의 집 양쪽을 오가며 위에 보이는 것과 아래에 느껴지는 것을 연결한다. 이것은 '지상'의 자의식과 '지하'의 감정 간에 균형을 잡는 기술로 이어지며, 더 나아가 개인 생활과 집단 생활 사이에서 균형을 찾도록 도와준다.

마지막으로, 프레리도그는 관계의 중요성을 일깨워 준다. 가족과 모든 것을 나누면서도 자신과 타인을 보살피고, 이웃과 공동체에도 세심한 주의를 기울이라고 말한다. 화목함을 찬미하고 삶이 주는 작은 기쁨을 즐길 줄 아는 프레리도그와 만나기 바란다.

"의식과 감정을 연결시켜
균형 잡힌 질서를 갖추라"

우리는 민첩하게 움직입니다.

우리와 함께할 때, 우리가 당신의 의식에 재빠르게 나타났다 사라진다는 것을 느낄 거예요.

표면 위에 드러난 것과 그 아래에 가려진 것을 어떻게 연결하는가에 대하여 다양한 가르침을 드릴게요.

우리는 의식과 그 아래에 살아 있는 감정을 서로 연결합니다.

또한, 당신이 보았다고 생각하는 것과 느낀 것 사이에 다리를 놓도록 도와줄 수 있습니다.

우리는 서로 몸을 부대끼며 살기 때문에 집단 안에서 스스로 균형 잡는 법을 잘 압니다.

그리고 세상이 균형 잡힌 질서와 조화를 갖춘다면, 모든 사람이 행복하고 평화로워질 거라고 믿습니다.

우리는 조심스럽고 경계심이 강하지만, 서로 축하하고 즐기며 살아갑니다.

이러한 의식을 공유하고 익혀서 당신 역시 우리처럼 삶을 마음껏 즐기시기를 바랍니다.

본능과 함께 지성의 균형을 유지하는 늑대

예리한 작전 능력과 통찰력, 단호함을 지닌 늑대는 자신을 직시하고 갈 길을 찾아 강직하게 걸어가라고 말한다. 늑대는 직관력이 뛰어나서 인생에서 의미를 찾는 법을 잘 안다. 또, 우리 의식 속에 존재하는 어두운 면을 살펴본 후, 그 결과를 다른 사람들과 공유하라고 조언한다. 경험을 통한 지혜의 힘을 소중히 여기는 늑대에게서 우리는 성실함을 배우고 내면의 힘을 기르며, 목적의식을 심화시킬 수 있다.

한편, 충성심이 매우 강한 늑대는 평생 짝을 이루어 살며, 사랑과 헌신이 넘치는 부모이기도 하다. 다정하고 사회적인 이들은 팀워크의 장점을 잘 알며, 강한 자의식을 가졌으나 관계에 충실하고 가족을 소중히 여긴다. 그리고 자유와 책임 간에 균형을 이루며 산다.

날카로운 감각과 표현력이 풍부한 소리와 몸짓 덕분에 늑대는 의사소통의 선수이다. 눈짓 한 번 혹은 미세한 움직임으로 말을 대신하기도 한다. 우리 또한 내면의 목소리를 찾아 표현하면서 자신감을 키우고, 자신의 본능을 신뢰하도록 가르친다.

늑대는 어려운 지형에서 길을 안내하는 길잡이이다. 우리에게 항상 지혜롭게 행동하라고 충고하는데, 남을 배려하고 자신의 본능적 느낌을 신뢰한다면 외교술을 터득할 수 있다고 가르친다. 또한, 본능과 지성의 균형을 잡도록 일깨운다.

마지막으로, 늑대는 탁월함을 추구한다. 늑대는 존경받기를 원할 뿐만 아니라 스스로에게도 자존심을 갖도록 명령한다. 늑대는 자아의 깊은 내면을 탐험하고 그 안의 지식을 발전시키려면 공포와 맞서며 꿈을 이용하라고 조언한다. 늑대와 함께하는 것이 쉽지는 않으나, 그들의 처방은 우리를 발전시킬 것이다.

"내면에서부터
편안함을 느껴라"

우리는 빠른 발과 예리한 정신을 갖고 있습니다.

우리는 당신의 자아와 영혼의 깊숙한 부분과 대화하며,

당신 존재의 어두운 면을 지나서 조용하고 은밀하게 움직일 수 있습니다.

사람들은 예전부터 우리에게 자기 자신을 비추어 보았죠

즉, 우리는 공포와 증오의 대상이자 숭배와 존경의 대상이었지요

우리는 당신이 보는 그대로를 반영하며, 항상 내면의 평정 상태를 유지합니다.

이것이 바로 당신에게 전하려는 교훈입니다.

우리는 만만한 존재가 아닙니다. 우리가 보는 만큼 당신도 명확히 보기를 바라지요

우리는 새끼들이 미래의 주인공임을 알기에 그들을 사랑하며 지혜를 가르칩니다.

마찬가지로, 당신이 어둠을 건너 공포와 맞서며 자신을 찾도록 돕기 원합니다.

자아와 영혼을 나란히 놓는 것은 대단한 작업입니다.

우리가 가르치는 균형의 핵심이 바로 여기에 있어요

우리는 사나워 보이지만 헌신적이며, 열정과 자유를 가진 동물로 항상 당신 안에 존재합니다.

3장

의사소통
Communication

의사소통이 원활한 상대와 우리는 생각을 교환하고 지식과 감정을 전하며, 비밀을 말한다. 의사소통은 마주 보는 상태나 시공간을 넘어 발신자와 수신자를 연결하는데, 고대 사람들은 그림이나 상형문자, 조각상, 신비로운 시신 등을 통해 우리와 대화를 나누기도 한다.

반딧불은 빛을 발하며, 문어는 피부의 색깔 패턴을 바꾼다. 뱀장어는 전기파로 고동치며, 개미는 암호화된 정보가 담긴 보이지 않는 흔적을 남기는데, 모두가 의사소통을 위한 것이다. 이와 마찬가지로 인간도 대화, 노래, 춤, 조롱, 웃음, 애정 표현과 같은 다양한 방법으로 의사소통한다. 움직임, 표정, 몸짓, 자세를 통해 감정과 생각을 전하는데, 사실 몸짓언어가 문자언어보다 훨씬 더 많은 내용을 담아낸다. 그리고 때로는 숨겼던 감정을 자신도 모르게 드러내기도 한다.

새는 색상으로, 개는 꼬리를 흔들어 감정을 표현한다. 사람은 미소를 짓거나 인상을 쓰거나 어깨를 으쓱거린다. 또한, 돌고래는 딸각, 병아리는 삐악, 까마귀는 깍, 악어는 으르렁거리는 등 종마다 자신의 특별한 소리로 의사를 전달한다. 우리는 동물의 몸을 손질하고, 킁킁거리고, 문지르고, 쓰다듬는 등 촉감을 이용하여 말로 전하는 것보다 더 깊이 있는 감정을 전달한다. 지구의 생명체들은 아주 다양한 의사소통 방법을 보여주므로, 이를 통해 다른 종이나 우리 자신을 파악할 수 있다.

인간은 복잡한 말과 글을 발전시켜 왔으며, 미디어와 영화를 통해 집단으로 사상을 전달한다. 전보를 치거나 전화를 걸고, 방송이나 원격통신도 가능하다. 인터넷을 이용하면 어디에서든지 즉각적으로 상대방과 대화를 할 수 있다. 그런데 이것은 동물들이 자연스럽게 사용하는 의사소통 방식을 우리 방식으로 구현한 것에 불과하다.

삶을 찬미하는 자세를 갖춘다면, 마음에서 마음으로, 영혼에서 영혼으로, 언어와 시간을 초월하여 소리 없는 대화를 나눌 수 있다. 그런 고요한 중심에서 모든 생명체는 교감을 이룬다.

Badger 오소리

억세고 용감한 오소리는 우리가 적극적인 사람이 되어
명확하고도 강한 설득력으로
의견을 분명하게 표현하도록 도와준다.

Coyote 코요테

완벽한 요술쟁이인 코요테는 유머를 통해 지혜를 알려 주며,
우리가 자신을 조롱하고 있음을 일깨워 준다.

Elephant 코끼리

점잖고 충성심이 강하며 사랑이 넘치는 코끼리는
사려 깊게 경청하는 법을 알고 있으며,
예민한 감수성과 내면의 지식으로 삶에 반응한다.

원숭이는 머리 회전이 빠르고 융통성이 있기 때문에
의사소통에 창의성을 불어넣는다.

영적인 세계와 연결된 까마귀는 메신저와 가이드로서
직관을 일깨우고 의사소통에 깊이와 명확성을 부여한다.
또한, 자신을 변화시킬 준비가 된 사람들에게 강력한 처방을 제공한다.

확신에 찬 자기표현의 기술을 알려 주는 오소리

대담하고 용감하며, 때때로 공격적인 오소리는 강력한 처방의 소유자이다. 오소리는 특히 궁지에 몰릴 때 사나워지는데, 날카로운 발톱과 질긴 가죽, 강한 턱으로 필요할 때는 맹렬히 싸워 자신을 지켜낸다.

오소리는 청각과 후각이 매우 뛰어나다. 경청하는 법을 알며, 더 깊은 진리를 찾아낸다. 시력이 약하나 날카로운 통찰력을 갖고 있어서 표면 아래를 보도록 도와준다.

오소리는 땅 밑에 사는데, 일이 지나치게 복잡해질 때는 잠시 내려놓고 고요히 집중하라고 말한다. 땅 파기의 선수로 우리가 감춰둔 비밀을 밝혀내기도 한다. 오소리는 땅의 에너지를 편안하게 받아들이며, 지하 세계에 사는 동식물의 영혼을 관찰하면서 방대한 지식과 지략을 모으고 정리한다. 땅과 관련한 이야기의 수호자인 오소리는 고대의 지혜와 진리를 보호한다.

오소리의 강한 턱과 자립심 강한 태도는 우리가 정직하고 떳떳하게 말할 수 있도록 하며, 확신으로 원하는 바를 요구하도록 가르쳐 준다. 그러나 너무 지나칠 경우, 일방적인 대화가 될 우려가 있다. 오소리와 함께한다면 뒤로 물러설 일이 없다. 끈질긴 오소리에게서 영감을 얻으면 자신의 의견과 입장을 설명하고, 상대방을 설득하여 확신을 줄 수 있다. 변덕스러운 감정만 잘 다스린다면 오소리가 주는 에너지는 오래 지속될 것이다.

오소리는 '바꿀 것이 있다면 반드시 바꾸라'고 강조한다. 특히, 순종적이거나 매사에 무관심한 사람에게 오소리의 에너지를 추천한다.

"먼저 대상의 내면을
바라보라"

우리는 많은 사람과 함께 일하지 않지만,

초대를 받은 사람들은 우리가 진지하고 깐깐한 선생이라는 사실을 잘 압니다.

땅은 물론 땅이 가진 수많은 신비와 소통하기 위해서 우리는 땅을 팝니다.

그리고 대상의 내면을 바라보는 것이 우리의 특별한 의사소통 방식입니다.

우리는 사물의 핵심까지 파고들기 때문에, 당신이 정말 알고 싶은 것을 발견하도록 도와줄 수 있어요.

우리는 땅속에 있는 우리의 공간을 좋아하며, 현실적이고 세심한 성격을 지녔지요.

당신이 우리에게 다가온다면, 잠시 앉아서 기다리라고 말할지도 모릅니다.

당신과 우리는 서로를 관찰하면서 의사소통을 시작할 거예요.

우리는 가끔 깊숙이 파고들기도 하지만,

상대방의 에너지를 감지하여 그들을 알아가는 것이 가치 있음을 잘 압니다.

우리는 의사소통할 때 정직함을 요구하며, 가능성 혹은 필연성 때문에 시간을 낭비하지 않습니다.

오로지 사실을 보는 데에만 초점을 맞춥니다.

타인을 마음껏 홀리는 완벽한 요술쟁이 코요테

영리하고 노련하며 놀라운 생존력을 가진 코요테는 인생을 조롱하는 법을 안다. 또한, 예민한 감각과 날카로운 직관력, 문제해결능력 덕분에 거의 모든 환경에 적응한다. 코요테는 상황을 파악한 후 융통성을 발휘하여 현시점에서부터 온 힘을 기울인다.

코요테 한 마리가 달을 보고 울면, 주위에 있는 코요테들이 합창한다. 코요테는 우리가 즉흥적인 감정을 즐겁게 분출하면서 자신의 고유한 목소리를 찾고, 자유분방하게 노래할 수 있다고 말한다. 분별력이 뛰어난 코요테는 우리가 길을 잃었을 때 미리 알아챈다. 우리의 그림자 주위를 맴돌면서 실제로 존재하는 것을 바라보고, 자아의 내면을 발견하도록 돕는다.

코요테는 사냥감을 혼동시키기 위해 분할 전략을 사용한다. 신화 속에서 코요테는 다른 이들을 놀리고 속여서 경계심을 풀게 한 후 바로 잡아먹는다. 코요테는 우리가 얼마나 바보처럼 행동하는지 알려주고자 가끔 바보 흉내를 내지만, 지식과 기술로 유머의 균형을 맞춘다. 게다가 우리가 타인과 나란히 서도록 이끄는 재주가 있으며, 모두가 함께 산다는 사실을 알려준다.

코요테는 매사를 대범하게 바라보라고 조언한다. 자신을 조롱할 수 있을 때, 강력한 치유의 가능성이 열리기 마련이다. 본능을 믿고 위험을 감수하다가 일이 잘못되더라도 우리는 지혜를 얻을 수 있다.

코요테는 어린아이 같은 순진한 호기심을 끄집어내고 가벼운 마음으로 삶을 즐기게 하며, 진실을 고백하고 자신을 온전히 인정하도록 안내한다. 코요테에게서 뜻밖의 것을 기대하고 포착하는 방법을 배우기 바란다.

"작은 것 속에
모든 것이 담겨있음을 알라"

우리는 사람과 티격태격하며 지내왔습니다.

우리를 명예롭게 여기고 존경한 분들도 있었지만, 항상 우리에게 친절하지는 않았죠.

당신이 우리에 관해 이야기할 때 우리가 빛나는 이유는

모든 코요테는 자기 내면에 살아 있는 요술쟁이를 느끼기 때문입니다.

우리는 느긋한 것을 좋아하지만, 항상 경계를 늦추지 않고 기회를 노립니다.

당신이 작은 것 속에 모든 것이 담겨있음을 아는 영리한 지혜를 갖기를 바랍니다.

우리는 감각을 섬세하게 조율하여 자주 사용하므로,

우리와 함께 일하려면 먼저 당신의 감각기관을 정밀하게 조율하는 법을 배워야 합니다.

우리는 웃고 즐길 줄 아는 사람들과 함께 일하는 것을 좋아합니다.

그렇다고 우리가 게으른 건 아니에요. 탐험하고 새로운 것을 배우기를 좋아하거든요.

당신이 마음을 연다면, 실재하는 진짜 존재와 즐거움, 그리고 배움의 기회를 만날 것입니다.

이것이 바로 코요테의 생활방식입니다.

깊이 경청하는 통찰력 있는 안내자 코끼리

강하고 위엄 있으며 지적인 코끼리는 예로부터 충성과 지혜, 전사의 기백을 상징한다. 코끼리는 깊이 생각하며, 잘 정리된 내면의 지식으로 삶에 반응한다.

코끼리는 몹시 예민하고 다재다능한 코로 냄새를 맡고, 맛을 보고, 만지며 의사소통한다. 저주파 소리로 원거리 통신이 가능하기에 텔레파시와도 관련이 있다. 코끼리의 크고 펄럭이는 귀는 세심하게 경청하라는 뜻이며, 코끼리를 통해 우리는 미묘한 비언어적 의사소통을 식별하는 법을 배운다.

사람과 코끼리는 기쁨, 사랑, 슬픔, 분노 등의 감정을 표현하는 방식이 매우 비슷하다. 현명하고 자애로운 암컷 우두머리를 따라 집단생활을 하는 코끼리는 서로 깊은 유대관계를 형성한다. 또한, 코끼리는 인내와 배려, 사랑으로 새끼들에게 지식을 전하여 종족 공동의 지혜를 보존한다. 코끼리는 지혜를 키우며, 부드러움과 공감으로 다른 이들과 효율적으로 관계를 맺으라고 가르친다.

코끼리는 기억력이 좋고 인내심이 강하다. 오래된 기억 속에서 숨겨진 것을 꺼내서 밝히고, 치유하는 방법을 알려 주는 통찰력 있는 안내자이다.

크고 힘이 강한 코끼리는 야생에서 쓰러뜨리지 못하는 것이 거의 없다. 안정적인 에너지와 강한 의지로 장애물을 극복해 나간다. 코끼리는 헌신과 충성, 진심 어린 의사소통을 중요하게 여긴다. 우리가 인내하면서, 가족, 특히 어린아이와 노인을 보살피는 것에 책임감을 느껴야 한다고 말한다. 즉, 가족을 사랑하고 공동체를 소중히 하라고 우리를 가르친다.

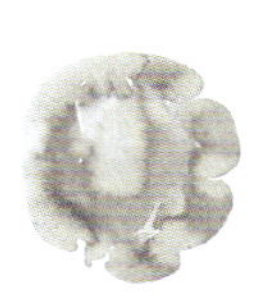

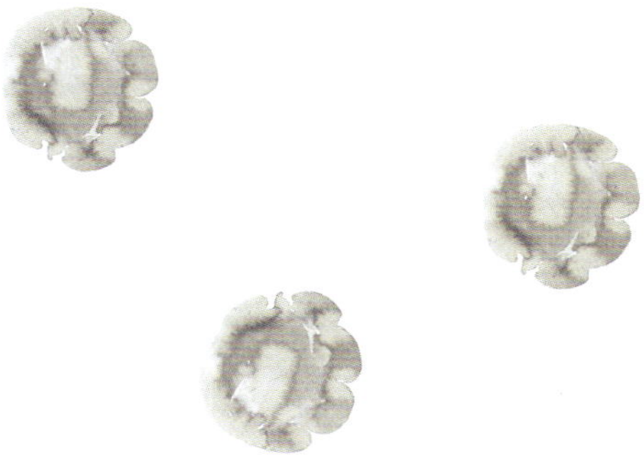

Elephant Says

"속도를 줄이고
경청하라"

우리는 강인한 몸속에 부드러운 마음과 세심한 영혼을 갖고 있습니다.

사람과 항상 잘 지내지는 않으나, 관계의 가능성을 늘 열어놓지요.

당신이 우리의 깊은 생각을 듣고,

서로에게 도움을 주며 함께 하고 싶다는 바람을 느꼈으면 합니다.

우리는 새끼들을 사랑하며 무리와 함께하는 것을 좋아합니다. 당신 또한 그러하지요?

우리는 언제 어디서나 모든 코끼리와 소통하며, 심지어 이 세상을 떠난 이들과도 대화합니다.

당신께 드리는 조언은 '속도를 줄이고 경청하라'는 것입니다.

말은 적게, 감정은 풍부하게 하며, 행동은 줄이고 좀 더 현재에 충실하세요.

우리는 코와 꼬리로 지구를 감싸는 원을 만듭니다. 우리는 지구는 물론이고 당신 또한 사랑합니다.

늘 경청하고 사랑하며 살기 바랍니다.

창조적이며 탐구심 강한 의사소통의 전문가 원숭이

민첩하고 곡예에 능하며 활력이 넘치는 원숭이는 두뇌 회전이 빠른 의사소통의 전문가이다. 몸짓과 몸단장, 부드러운 움직임을 비롯하여, 비명과 쉰 듯한 울음소리 등 특별한 소리를 내서 정보를 전달한다.

원숭이는 사귀고 장난치는 것과 탐험을 좋아한다. 사람을 포함한 다른 동물의 행동과 소리를 흉내 내며, 자연의 정령과도 대화가 가능하다. 우리에게 다양한 인생관과 시각을 통해 영리한 아이디어를 개발하라고 조언하는 원숭이는 종종 '올바른 삶'의 전형으로 불린다.

약 250종의 원숭이가 정글부터 산자락 초원에 이르기까지 다양한 환경에서 살고 있다. 작은 피그미 마모셋, 밝은 털을 가진 개코원숭이, 아주 시끄럽게 짖는 원숭이 등 외형도 가지각색이다. 이것은 적응성과 혁신, 그리고 지략을 의미한다. 사람과 원숭이의 관계 또한 유연해서, 애완동물, 실험실 동물, 우주 탐험대, 서비스 동물에 이르기까지 매우 다양하다.

타고난 호기심 탓에 종종 말썽을 부리는 원숭이는 어떤 상황에서도 어두운 측면과 밝은 측면을 모두 보라고 말한다. 그래야만 자신에게서 무언가를 발견할 수 있기 때문이다. 이처럼 원숭이는 우리가 자기 내면의 깊은 곳과 연결될 수 있도록 도와준다.

폭넓은 감정을 소유한 지적인 문제 해결사인 원숭이는 공격성과 연민 사이에 균형을 맞출 줄 안다. 뛰어난 통찰력으로 태평한 삶을 즐기는 원숭이를 보면서, 다양한 선택사항을 고려하면서 본능에 따라 결과를 찾는 법을 배운다.

원숭이는 숨겨진 장난기와 호기심을 꺼내서 인생과 자아 성찰에 두루 적용하라고 가르친다. 또한, 인간성의 기원을 탐구할 때, 오래된 지혜를 통해 자신을 재인식하라고 조언한다.

"인생은
즐겁고 재미있다"

우리는 사람이 우리를 보며 두려움과 매력을 동시에 느낀다는 점을 잘 알아요

때로는 우리의 지혜를 해석하는 당신의 방식을 비웃기도 하지요

하지만 우리는 호의적인 태도로 우리의 사촌인 당신을 지지합니다.

우리는 관찰을 통해 많은 것을 배울 뿐만 아니라 다양한 행동 방식도 발견합니다.

'나쁜 것은 듣지도 보지도 말하지도 말라'고 말하는 세 마리 원숭이는

공동체 속에서 조화를 창조하는 좋은 수단이 되지요.

우리는 당신이 다른 사람 혹은 종족을 대상화하고 그들과 편을 가를 때,

스스로를 감옥에 가두는 일이라는 것을 알려 주고 싶습니다.

'타인에게 상처를 주지 않고도 인생은 즐거우며, 놀이 속에 지혜가 있다'는 사실을 기억하세요

당신이 마음을 열고 우리와의 관계를 느끼며,

상처 주거나 편을 가르지 않는 방식으로 우리와 함께하기를 바랍니다.

우리는 당신에게 평화의 손길을 내밉니다.

위대한 변신의 스승이자 창조적인 의사전달자 까마귀

신비하고 지적인 까마귀는 마법의 전령이며, 영적인 세계와 긴밀하게 연결된 창조적인 의사전달자이다. 까마귀는 사람과 동물이 같은 언어를 말했던 시대의 '오래된 지혜'를 기억한다.

까마귀는 여러 가지 요란한 비명과 울음소리를 내며, 다른 동물의 소리를 흉내 내기도 한다. 까마귀는 인식의 변화, 특히 본능을 일깨우거나 현실을 바꾸는 수단으로 소리를 사용하는데, 이것이 바로 까마귀의 가르침이다. 까마귀는 우리의 본질을 말해 주는 핵심적인 이야기를 꺼내서 내면의 목소리를 찾도록 도와준다. 또한, 깊은 내면을 공유하여 의사소통을 이해하게끔 한다.

까마귀는 종종 '비어있는 공간'으로 연상되는데, 이곳에는 창조의 신비가 존재한다. 까마귀는 과거와 미래, 죽음과 환생을 연결한다. 우리가 결말에서 시작을 발견하고, 삶 속에서 결실이 있는 변화가 가능하도록 도와준다.

한편, 마음대로 변신하기로 유명한 까마귀는 타인의 눈으로 자신을 바라보라고 말한다. 이를 통해 다른 관점을 가진 인생관을 공감하고 이해할 수 있다. 까마귀의 처방은 용기와 책임을 갖고 모든 면을 검토하도록 요구한다. 또한, 자신의 그림자와 직면하게 한다. 이때, 까마귀는 우리와 함께 걸으며 어둠을 밝혀줄 것이다.

창조자이자 죽음의 사자이기도 한 까마귀는 이 세상이 모순으로 가득하다고 말한다. 따라서 자기 성찰을 통해 자신을 알고 삶의 신비를 수용하면서 그 역설이 무엇인지 받아들이라고 조언한다.

"심호흡을 하고
높이 날아오르라"

우리의 활동 범위는 두루 넓고도 깊습니다.

당신은 우리를 '마법의 전령'이라고 부르는데요

한때는 실제로 근접한 여러 세계를 연결하는 전령으로 활약했지요

물론 지금은 세상이 변하긴 했지만요

우리는 당신의 관심을 끌려고 소리를 내며,

당신의 내면으로 날아가서 예전에 알았으나 도중에 잊어버린 것들을 떠오르게 하죠

우리가 드리는 조언은 '심호흡을 하고 높이 날아오르라'는 것입니다.

정신을 모아서 자기 주변에 널려있는 마법과 신비를 바라보세요

우리는 날고 급강하하며, 선회하는 것을 즐깁니다. 곡예에 능한 새이니까요

그리고 사람을 관찰하기를 좋아합니다.

당신이 가진 기쁨과 신비에 접속하여 마법의 전령사가 되세요

이것이 우리의 선물입니다.

창조와 창의력

Creation & Creativity

창조의 마법을 통해 사람과 별, 행성, 산맥, 강, 나무, 그리고 두꺼비와 같은 삼라만상이 생겨났다.

사람은 각양각색의 창조신화를 만들어 왔다. 이들 신화 속에서 우리는 어머니 대지와 아버지 하늘의 결혼으로 태어나거나 큰 알에서 부화하기도 한다. 혹은 절대적인 조물주의 신성한 숨결로 창조되기도 한다. 창조의 불꽃이 번쩍이자 말과 빛, 노래로 구성된 탄생의 대폭발이 펼쳐진다.

창조 이전에는 오로지 거대한 공간과 태초의 혼돈, 무의식의 심연만이 존재한다. 곧이어 무(無)에서 유(有)가 탄생한다. 이때가 바로 창조가 시작되는 순간이다. 무형에서부터 다양한 형태가 생겨나는데, 즉 빛과 어둠, 천상과 지상, 하늘과 땅과 바다, 바위와 식물, 그리고 동물이 그러하다.

창조는 현실을 만들어 내고 창의력은 그것을 재배치한다. 사람은 놀라울 정도로 창의적이어서, 꼬리와 날개, 발톱과 촉수, 아가미와 손가락, 그리고 두뇌를 발전시켰다. 그러나 이것은 단지 시작에 불과하다. 우리는 존재 자체

만으로 창조의 박동을 뿜어낸다.

　창의력이란 흔히 알고 있거나 가진 것으로부터 풍부한 지략을 발휘하는 것을 의미한다. 우리는 상상력을 이용해서 발상하고, 발명품을 고안해 낸다. 소설과 희곡을 쓰며, 맛있는 요리법을 개발하고, 비밀스러운 계획을 세운다. 사람은 창조적인 영감을 받아서 발명하고 혁신한다. 예술의 여신 뮤즈가 우리의 귀에 속삭이며, 신들은 미소를 짓는다. 그리고 모든 것이 제자리에 딱 맞게 존재하는 듯 보인다. 창조의 에너지가 왕성하게 차고 넘칠 때도 있는 반면, 고요하게 존재할 때도 있다. 평온하면서도 집중력을 발휘하며 고요히 피어나는 창의력이 그러하다.

　창의력은 우리에게 참신한 시각과 사고의 새 지평을 열어 준다. 또한, 새로운 형태의 감각을 느끼고, 우리의 존재가 깊고 넓은 경험을 하게 만든다. 심오한 창의력은 무한한 기쁨을 준다. 다시 말해 우리 안에서 창의력이 살아 움직이는 것을 느끼며, 모든 피조물과 함께 어울리는 환희를 느낀다. 우리가 미소 짓는 이유는, 창조적인 삶의 노래가 영혼을 통해 밝게 울려 퍼지고 있기 때문이다.

• *Cat* 고양이

고양이는 직관적이고 매우 예민하며,

정확성, 우아함, 명료성으로 우리가 창의력을 잘 조율하도록 도와준다.

• *Eagle* 독수리

날카로운 시력과 집중력, 탁월한 비행능력을 갖춘 독수리는

집중을 방해하는 것에서 벗어나 높이 날아오르게 한다.

또한, 창조에 필요한 것을 식별하며 책임감을 갖도록 인도한다.

• *Octopus* 문어

호기심 많고 지적이며 적응력이 뛰어난 문어는

고정된 틀에서 벗어난 사고와 느낌으로 자신의 창조적 본성을 드러낸다.

문어는 자연스럽고 격조 있는 창의력을 강조한다.

돼지는 공감과 지성에 대하여 알려 준다.
그리고 깊은 내면으로 들어가 자신을 인정하며 즐거움을 추구하는
내면의 창의적 존재를 발견하도록 격려한다.

• *Robin* 종달새

노래하는 능력을 가진 종달새는 재생과 성장에 대한 영감을 불어넣는다.
종달새의 도움으로 우리는 기운을 회복하여 다시 일을 진행하며,
독창적인 창의력으로 자신을 표현할 수 있다.

신성으로 인도하는 자유로운 영혼 고양이

감각적이고 현명한 고양이는 자신의 방식대로 삶을 사는 자유로운 영혼이다. 오래전부터 마법이나 초자연적 능력과 연관된 고양이는 비밀 통로로 은밀하게 이동하며, 분명한 발걸음으로 존재의 신비를 꿰뚫는다. 고양이는 탁월한 본능을 갖고 있어서, 우리가 감각을 잘 조율하고 다른 세계를 왕래할 때 도움을 준다.

종종 고양이는 허공을 노려보기도 하고, 보이지 않는 친구들과 놀기도 한다. 이는 고양이가 풍요로운 내면세계를 갖고 있으며, 다른 세계를 들여다보는 방법을 잘 알기 때문이다. 고양이는 명료함과 노련함의 쓸모를 잘 보여 준다. 밤을 편안하게 느끼는 특성 덕분에 낯선 장소에서도 절묘하게 길을 잘 찾으며, 우리에게 어둠에 대한 두려움을 잘 헤쳐나가도록 안내한다.

고양이는 긴장을 푼 상태에서 집중하며 단호하게 행동하는 법을 알고 있다. 그래서 오랫동안 꼼짝 않고 무언가를 지켜보다가, 와락 덤벼들곤 한다. 몸과 마음이 모두 기민해서 판에 박힌 생활에서 벗어나도록 우리를 도와주며, 창조적 비전이 충만하도록 자극한다.

한편, 고양이는 부정적인 감정을 없애고, 에너지의 영향이 미치는 공간을 조정한다. 치유사이기도 한 고양이는 우리가 자신을 쓰다듬도록 내버려 두며, 신속한 상처 회복을 위해 가르랑거린다. 게다가 내면의 균형과 평화를 회복하는 방법도 잘 알고 있다.

끝으로, 고양이는 자신감과 용기를 북돋아 주며, 우리의 자립을 돕는다. 독립심을 갖고 창조적 사고와 모험에 도전하라고 격려한다.

"꿈꾸는 눈으로
세상을 보라"

우리의 눈을 들여다보세요.

우리는 창조적인 충동 속에서 살아가며,

우리에게 모든 것은 에너지가 충만하고 활기가 넘칩니다.

뛰고 달릴 때, 공격하거나 놀 때, 잠자거나 꿈꿀 때, 이러한 창조적 정신이 살아있음을 느끼죠.

우리는 창의력으로 가득 차 있고, 이것이 우리를 뼛속까지 전율케 합니다.

우리의 마음에는 늘 당신을 위한 자리가 마련되어 있습니다.

서로 자유롭게 이야기했던 시간을 기억하기 때문이지요.

우리는 당신의 안내자, 후원자, 멘토이자 대변자이며 좋은 친구입니다.

지금도 여전히 사람과 함께하며, 조용한 인생의 동반자 혹은 스승의 모습으로 다가가고 있어요.

당신에게 전하는 메시지는 매우 다양하지만,

먼저 우리의 눈으로 세상을 바라보세요.

그러면 우리의 생각을 이해할 수 있을 거예요.

우리는 당신이 늘 편안하기를 바랍니다.

에너지의 흐름을 타고 상상력의 한계를 극복하는 독수리

1만 피트 상공으로 솟구치다가 시속 100마일로 급강하하여 표적을 덮치는 독수리는 우아함과 극단을 겸비한 막강한 새이다. 독수리는 땅과 하늘을 연결하는 다리이자 우리와 영혼을 연결하는 상징이다. 독수리의 강한 힘은 크기가 아닌 정확성과 관계가 있다. 독수리의 에너지는 날카롭고 신속하며, 강한 집중력과 단호함을 지닌다. 우리는 자유와 정의 같은 높은 이상과 독수리를 종종 연관 짓는다.

독수리는 영적 지식을 통해 직관력을 강화하고 지성을 빛나게 한다. 따라서 우리는 내적 통찰력에 눈을 뜨고 영적인 안내자와 연결되며, 더 위대한 존재의 지평을 인식하게 된다. 이처럼 독수리는 강력한 처방의 소유자이다.

사람보다 8배나 뛰어난 시력 덕분에 독수리는 몇 마일 밖에서도 사냥감을 찾아낼 수 있다. 높은 곳을 정찰하거나 예리한 감각으로 표적에 집중할 때도, 전체적인 그림을 인식한다. 이는 우리가 시야의 한계를 벗어나 높은 곳에서 새로운 풍경을 관찰하고, 미지의 것을 기꺼이 수용하도록 돕는다.

또한, 독수리는 에너지를 이용하고 자연의 힘에 마음을 여는 법과 활기차게 사는 법을 알려준다. 이와 더불어 책임감과 무한한 창의력을 발휘하도록 우리를 자극한다. 독수리를 통해 우리는 빠른 판단과 맑은 시야를 확보하며, 효율성을 높일 수 있다. 짝짓기할 때 독수리는 하늘 높이 솟구쳤다가 공중제비를 돌며 곤두박질친다. 독수리는 가장 대담한 욕망의 고삐를 풀어, 창조의 정령과 가까워지도록 이끄는 스승이다.

"몸을 관통해서 흐르는 정령을 느껴라"

우리는 특정 제자들과 함께 날며 우리의 시야를 경험해보도록 합니다.

이를 통해 우리가 왜 태양과 하늘의 메시지를 전달하는지 이해하게 되지요.

우리는 전통적인 방법으로 일하며, 약간의 형식적인 절차를 반깁니다.

우리는 무모하지는 않으나, 공중에서 우리의 힘을 느끼는 것을 좋아합니다.

또한, 창조의 신비에 관심을 두는데, 어떤 이에게는 우리의 진리가 견디기 힘들지도 모릅니다.

우리의 처방을 적용하기란 쉽지 않으나, 우리의 인식은 삶의 핵심을 관통합니다.

우리는 당신에게 '보는 법'을 알려 주려고 합니다.

우리에게 내면의 시각은 행위보다는 느낌에 가까우므로, 몸을 관통해서 흐르는 정령을 느끼곤 하죠.

이것이 바로 우리가 무언가를 보는 방식입니다.

당신이 우리와 함께 날아오른다면, 모든 세포와 영혼에 그런 느낌이 번지는 것을 느낄 거예요.

우리와 함께 이 느낌을 공유하기 바랍니다.

유연하고 창의적인 심신의 소유자 문어

문어는 빨판이 달린 8개의 긴 촉수 때문에 껍질과 척추, 뼈가 없는 신비롭고 다재다능한 존재로 여겨진다. 지적이고 호기심이 많은 문어는 기억력이 뛰어나며, 추론하여 전략을 짜고 문제를 해결하는 데 능수능란하다. 따라서 새로운 장소나 사상, 상황을 탐색할 때, 몸과 마음을 유연하고 창의적으로 만드는 법을 잘 안내한다.

문어는 위장의 전문가로 피부의 색깔과 무늬, 질감을 매우 신속하게 바꾸는 놀라운 능력이 있어서 때로는 순식간에 사라진 것처럼 보인다. 문어는 먹물을 뿜어 포식자들을 혼란에 빠뜨리며 자취를 은폐하는 유능한 탈출전문가이기도 하다. 이처럼 색을 이용해 주의를 분산시키고 깜쪽같이 사라지는 창의력 때문에, 세상이 항상 보이는 그대로가 아님을 깨닫게 한다.

문어는 야행성으로 주로 바다의 밑바닥에서 홀로 생활한다. 깊은 감정의 바다에 가라앉아 고요히 지내는 법과 유연하고 편안하게 감정의 파도를 타고 넘는 법을 우리에게 가르친다. 고대 생명체인 문어의 다리가 상징하는 것은 완전성과 균형, 일관된 질서이다. 촉수를 펼치고 움직일 때의 모습은 날렵하고 유연하며 우아하다. 이들의 나선형 이미지는 우주의 확장과 창조의 전개, 그리고 넓게 열린 의식을 의미한다.

우리가 모든 것을 내려놓고 유연하게 깊은 곳으로 들어간다면, 문어의 처방에 쉽게 다가갈 수 있다. 문어는 호기심을 갖고 더 많이 보고 느끼며, 지식과 경험, 창조적 표현을 동원하여 자신을 확장해가라며 우리를 격려한다.

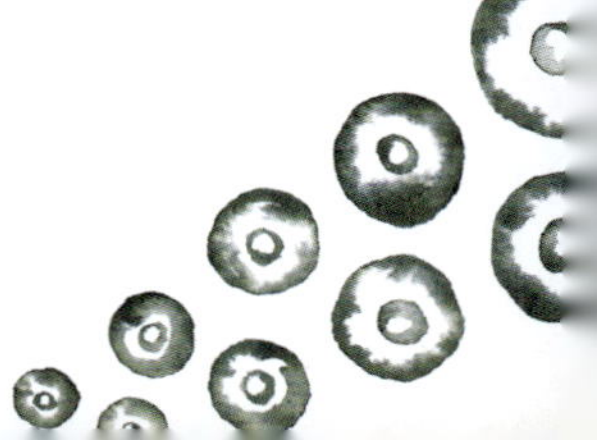

"감각의 눈으로
깊숙한 곳에서 바라보라"

우리는 감각의 생명체이며, 접근하고 만지고 맛보기 위해서 사지를 펼칩니다.

사람의 언어로 표현하자면 우리는 촉각과 감정으로 세상을 감지하지요.

그러나 우리가 사용하는 또 다른 감각이 있는데요,

그것은 우리 존재의 중심을 느끼는 것입니다.

우리는 자신의 느낌을 믿은 채로 풍부한 호기심을 발휘하며 살아갑니다.

우리가 전하려는 메시지는 느낌의 중요성을 인식하고,

'감각의 눈으로 깊숙한 곳에서 주변 세계를 바라보라'는 것입니다.

모든 것에는 고유한 느낌이 있기 때문에 우리는 이를 감지할 수 있어요.

이것이 우리가 말하는 창의성인 동시에 관찰하고 느끼며 에너지와 교감하는 방식이기도 하지요.

이렇게 하면 당신 또한 친밀한 방식으로 세상을 알게 될 거예요.

우리에게 이 방법은 매우 효과적이거든요.

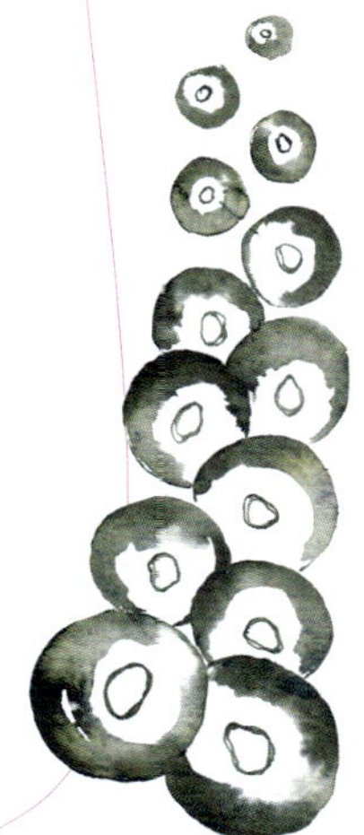

창의력으로 진정한 자아를 인식하는 돼지

쿵쿵거리고 꿀꿀거리며, 배회하듯이 들판과 숲 속을 뒤지고 다니는 돼지는 삶을 즐기는 것처럼 보인다. 그러나 돼지에 대한 사람들의 의견은 엇갈려서 어떤 이에게는 무지와 게으름, 폭식과 탐욕의 상징이다. 다른 이에게는 다산, 부, 행운, 성실, 결단과 관련이 있다. 이처럼 상반된 견해를 만드는 돼지의 비밀은 무엇일까?

멧돼지의 후손인 돼지는 고대부터 가축으로 사육되었고, 음식과 지식의 자양분을 제공했다. 그리고 예민한 코를 땅에 박고 어디서든지 먹을 것을 찾아내는 선수이기도 하다. 이처럼 돼지는 우리에게 필요한 것을 찾아내는 방법을 알려 주었다.

땅과 더불어 사는 돼지는 지적이고 다재다능하다. 돼지는 자립심을 길러주고, 직관과 상식을 이용하라고 조언한다. 돼지와 함께한다면 삶의 경험을 돌아보면서 자신에 대한 깊이 있는 지식을 얻을 수 있으며, 표면 아래에 숨겨진 진실을 밝혀낼 수 있다.

엄마 돼지는 새끼 돼지들을 다정하게 가르치고 보호하며 즐겁게 놀아준다. 점잖지만 정직하며 수용력이 뛰어난 성격 덕분에 돼지는 자신의 느낌을 잘 표현한다. 돼지에게 숨기거나 회피하는 일은 없다. 그래서 우리가 싫든 좋든 자신의 비밀스러운 감정인 자존심, 약점, 치욕을 인정하도록 도와준다. 그리고 모든 면에서 우리의 가치를 찾으라고 말한다.

돼지는 연민 어린 지혜와 창의적 교육 방식으로 진정한 자아를 인식할 수 있도록 이끈다. 독립심이 강하고 두려움이 없는 돼지를 보면서, 자신의 전 존재를 인정하고 사랑하며 수용하는데 도움을 받기 바란다.

"인생을 즐기면서
중요한 것을 찾아라"

우리는 있는 모습 그대로에 만족하는 돼지입니다.

우리는 새로운 것을 탐험하고 발견하는 것과 놀고 즐기는 것을 좋아해요.

동족과 함께 누워서 햇볕을 쬘 때 행복감을 느끼며, 서로의 꿈을 나누기도 합니다.

우리에게는 땅에 대한 여러 가지 지식이 있습니다.

특히, 땅 밑에 숨겨진 맛있는 것에 대해 잘 알고 있지요.

창의력을 발휘해 이런 것들을 손쉽게 찾아내며, 그것들을 어떻게 처리해야 하는지도 잘 압니다.

우리가 당신에게 하고 싶은 말은, '일단 먼저 즐기라'는 것입니다.

우리는 종종 당신이 심각하고 복잡한 일에 사로잡혀있는 것을 봅니다.

느긋하게 땅의 향기를 맡는다면, 인생에서 정말로 중요한 것이 무엇인지 느낄 수 있습니다.

또한, 무엇을 구해야 할지도 알게 돼요.

이제 여유를 갖고 땅의 향기를 한번 느껴보세요.

그리고 당신의 영혼과 나란히 햇볕 속을 거닐어 보기 바랍니다.

새로운 시작과 성장의 메신저 종달새

아침부터 종일 노래하는 종달새의 명랑한 소리는 봄의 도착을 알려주며, 신 나는 창의력으로 생각과 꿈, 예술적 충동을 표현하도록 영감을 불어넣는다. 종달새는 내적 성장과 부활, 회춘의 상징으로, 모든 것을 새롭게 하며 되살린다. 그리고 명랑하고 가족적인 종달새는 축복과 건강, 행복을 가져온다.

종달새의 에너지는 동면 상태에 있는 우리를 활기찬 봄으로 변화시킨다. 따라서 과거의 지친 기력과 무거운 짐을 버리고 가벼운 마음으로 쉽게 나아갈 수 있다. 종달새는 우리에게 새로운 것을 시도하고 기회를 활용하여, 부정적인 감정과 태도에서 벗어나게 한다. 종달새의 노래를 들을 때면 새로운 발상이 샘솟고 장애물도 사라지며, 자신감과 열정으로 충만해진다.

붉은빛이 도는 종달새의 주황색 가슴은 먼동이 트는 것을 상징하며, 창조적인 에너지를 발산한다. 또한, 뾰족한 노란색 부리는 열정적인 연설력과 명료한 목소리를, 눈 주위의 흰색 무늬는 내면의 통찰력과 지혜, 이해력을 의미한다. 종달새의 언어는 깊이 있고 정직하며, 사물을 명확하게 보도록 동기를 부여한다.

종달새는 의사소통과 영역 보호를 위해 안정적인 리듬으로 노래하며, 수컷들은 깃털을 부풀리며 노래로 싸운다. 종달새는 소리가 갖는 창조의 힘을 이해하므로, 노래하듯 조화로운 방식으로 갈등에 대처하라고 우리에게 조언한다.

마음속에 신뢰와 기쁨을 가질 때 우리는 새롭게 성장하고 번성한다. 종달새는 행복을 느끼고 자신을 믿으며 자신의 노래를 부르라고 격려한다.

"세상을 향해
당신의 노래를 부르라"

우리는 날이 밝으면 잔디밭을 깡총깡총 뛰어다니며,

땅에서 벌레, 곤충, 기어 다니는 작은 것들을 잡아먹습니다.

우리의 노래는 이제 막 시작되었습니다.

당신이 창의적인 꿈을 이루려면, 땅에서 필요한 것을 취하여 먹고 영양분을 섭취하세요.

우리는 노래하는 것을 매우 즐깁니다.

영혼이 가진 창의적인 목소리를 이용하여 세상을 향해 당신의 노래를 부르세요.

우리는 당신의 원기를 북돋우고 응원하는 것을 좋아하는 작은 새입니다.

이 세상을 덜 힘들게 느끼며, 더 부드럽게 삶을 살아가도록 돕고 싶어요.

당신이 우리의 노래를 경청한다면,

편안함과 기쁨으로 가득 찬 새로운 발상이 넘쳐날 거예요.

당신이 슬플 때는 행복을 위해, 당신이 기쁠 때는 살아있음을 기뻐하도록 노래할게요.

5장

꿈꾸기
Dreaming

꿈속의 현실은 변신의 정령으로 가득 차있고, 우리는 불가능한 곡예를 하며 팔을 펴고 하늘을 날아간다.

꿈은 우리를 흥분시키고 놀라게 하며, 각성시키고 자극하는 마법이다. 또한, 먼 땅으로 가는 관문이자 과거와 미래를 향한 창문이다. 고대 이래로 우리는 꿈에 매료되었고, 그것을 신의 속삭임으로 여겼다. 꿈을 꾸고 그 내용을 배우기 위해 우리는 특별한 침대와 방, 그리고 사원까지 만들었다.

꿈은 영감과 용기는 물론, 깨우침과 즐거움을 준다. 더 나아가 미래를 예언하고 발상을 자극하며, 해결책을 촉발하고 감춰진 것을 밝혀낸다. 그리고 마음의 극장에 드라마를 상영한다. 우리는 꿈을 통해 문제 해결을 위한 현명한 실마리와 충고, 치유의 비전, 복지를 위한 처방 등을 받는다.

꿈은 자아와 영혼의 관계를 심화시키는 풍요로운 만남의 광장이다. 우리는 꿈에서 조상, 영혼, 동물, 잃어버린 내면의 자아 등 각양각색의 등장인물을 만난다. 그리고 다른 언어와 존재 방식을 배우는데, 어떤 꿈은 매우 무서우며, 보고 싶지 않은 것을 보여 준다. 따라서 꿈과 함께 멀리 여행하려면 신뢰가 필요하다.

꿈속에서 자신이 어디에 있는지, 무엇을 하는지 질문하는 경우는 거의 없다. 우리는 진짜 같다고 느껴지는 상황 속으로 그냥 뛰어든다. 그러다가 일상적인 현실로 돌아온다. 꿈속에서 의식이 또렷할 때, 우리는 자신이 꿈을 꾸고 있다는 것을 인식한다. 우리는 종종 인생이 한낱 일장춘몽에 불과하다고 느낀다. 아마도 꿈의 세계가 현실만큼, 혹은 그보다 더 생생해 보이기 때문일 거다.

꿈은 우리를 경악시키고 전율케 하며, 사지를 마비시키고 심장을 고동치게 한다. 하루가 끝나갈 무렵, 꿈은 통찰력과 현명함으로 빛을 발산한다. 꿈은 우리에게 할 이야기가 있고, 물어볼 질문이 있다. 꿈은 수수께끼이자 위대한 모험이고 축복이며, 우리 자신을 깊이 알기 위한 심오한 초대이다.

• *Bear* 곰

강력한 꿈을 꾸는 곰은 자기 성찰로의 능숙한 안내자이다.

곰은 미지의 세계를 탐험하고,

조용한 침묵이 흐르는 꿈의 동굴 속에서 문제의 해답을 찾으라고 말한다.

• *Dragonfly* 잠자리

빛의 아름다움과 비행의 힘을 겸비한 잠자리는

섬세한 꿈을 기억해 내도록 유도하며,

꿈꾸는 시간을 쉽게 여행하도록 돕는다.

Groundhog 마멋

자신감과 균형감을 가진 마멋은
우리가 먼 꿈의 나라로 나갈 때에도
육체에 머물도록 도와주는 땅의 존재이다.

Lizard 도마뱀

도마뱀은 오래 전부터 주술사나 꿈꾸는 자들이
다른 영역의 의식과 연결되도록 도와주는 동물로 유명하다.
도마뱀은 꿈을 존중하며, 환상 속에서 지혜를 찾아야 한다고 깨우친다.

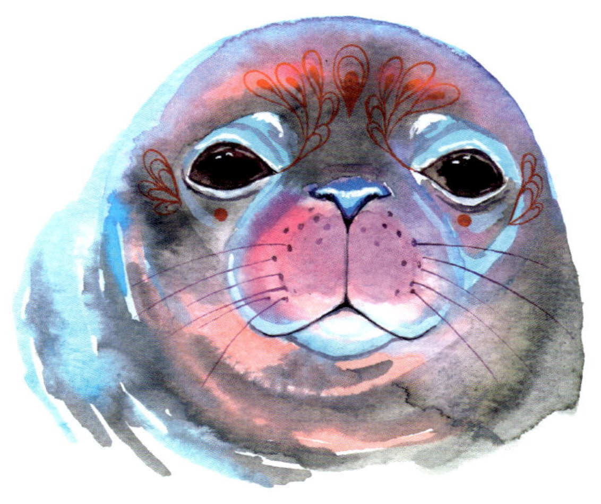

Seal 바다표범

영리하고 놀기 좋아하는 바다표범은
우리를 깊은 자아의 바다로 안내하여 깊은 꿈을 되찾도록 돕는다.
때로는 꿈속에서 우리를 일깨우며, 자각몽의 안내자가 되기도 한다.

깊은 꿈을 꾸는 강력한 조언자 곰

두 발로 설 수 있는 곰은 호기심이 많고 지적이며, 새끼들을 잘 돌본다. 털이 있다는 점을 제외하면 사람과 매우 흡사하다. 사람은 태초부터 곰과 연대감을 느꼈다. 많은 고대 문화에서 곰은 존경과 숭배의 대상이었다. 우리는 위대하고 따뜻한 곰의 영혼 안에서 스승과 동료의 모습을 발견한다. 창조적 무의식의 상징인 곰은 강력한 꿈의 조언자이기도 하다.

대부분의 곰은 겨우내 활동을 줄이고 잠을 잔다. 조용히 물러나서 혼자만의 휴식 시간을 가져야 할 때를 본능적으로 안다. 동굴의 어둠 속에서 깊이 숙고하면서, 스스로 자신의 꿈에 등장한다. 한편, 암컷들은 자는 동안에도 출산할 수 있다. 새끼들과 함께 꿈을 꾸면서, 곰 사회의 지혜와 인생 경험, 동굴 밖의 삶에 대한 교훈적인 이야기를 나눈다.

곰의 단호한 집중력과 선량한 탐구정신은 숨겨진 진리를 밝혀내며, 꿈속에서 미지의 세계를 탐험하고 모험하도록 자극한다. 익살스러운 성격의 곰은 뛰어난 안내자이자 안전한 여행의 동반자이다. 곰은 가끔 꿈에 나타나서 자아 성찰과 유의미한 세계로 우리를 인도한다.

곰은 우리가 도움이 필요할 때, 자신의 내면을 들여다보고 여유를 가지도록 하여 독립심과 성찰을 깨닫게 한다. 깊고 조용한 침묵 속에서 더 명확하게 보고 듣는다는 사실을 알기 때문이다. 꿈의 세계에서 경각심을 갖고 정신을 바짝 차린다면, 문제의 해답을 얻을 수 있다.

봄이 오면 곰은 새로운 기회와 동료애를 기대하면서 허기진 모습으로 깨어난다. 곰은 음의 성찰과 양의 행동을 결합하여 꿈과 각성 상태를 연결한다. 또한, 자연적인 삶의 리듬과 균형이 필요함을 상기시킨다. 곰의 응원에 힘입어 우리는 어두운 동굴에서 햇빛으로 나오면서 경험을 이해하고, 우리가 알아낸 것을 세상과 나눈다.

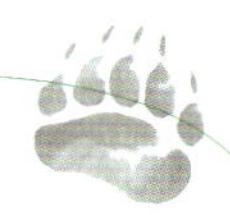

"꿈속에서
즐거움과 목적의식을 느껴라"

꿈과 햇살 속에서 우리는 동일한 편안함을 느낍니다.

이것은 현실의 두 가지 측면으로, 우리는 여기에서 도전과 경이감을 함께 즐기지요.

우리는 꿈의 탐험을 통해 즐거움과 목적의식을 느끼는데, 이는 생존 기술의 일부입니다.

꿈을 통해서 미리 모험을 맛보고 미지의 세계를 탐험하며, 날씨를 예측합니다.

우리 종족 중 하나인 북극곰은 겨우내 어둠 속을 걸으며 꿈을 꿉니다.

이들은 걸어 다니는 몽상가이며, 나눠줄 많은 것을 갖고 있습니다.

우리에 대해 더 많이 알고 싶다면, 회색곰, 흑곰, 말레이곰, 혹은 다른 곰들에게 물어보세요.

각자 전문분야가 따로 있으며, 꿈이 가진 다양한 측면을 다룹니다.

우리는 종종 당신의 꿈속에서 어슬렁거리며, 때로는 당신의 꿈속으로 걸어 들어가기도 합니다.

당신이 모험심을 갖고 우리와 함께하길 바랍니다.

영혼의 몽상가들에게 영감을 주는 잠자리

고대 생물인 잠자리는 진화를 거쳐 날개를 갖게 된 최초의 곤충이다. 긴 몸통과 두 쌍의 투명한 날개, 거대한 겹눈, 그리고 햇빛 속에서 바뀌는 색깔 때문에 몽환적이고 원시적인 느낌을 준다. 잠자리의 처방은 번뜩이는 통찰력과 잊혀가는 심오한 것들을 연결하는데, 이것은 사라진 마법의 빛과도 같다.

잠자리는 우리를 다른 차원의 세계와 연결하고, 자연의 정령들과 소통하게 해주며, 꿈을 기억해내도록 한다. 거미줄 같은 날개는 섬세하지만 강하며, 몸은 마치 반짝이는 무지개처럼 빛을 분사한다. 잠자리는 우리에게 가벼운 마음으로 자신의 색을 빛내며, 선명한 빛깔로 삶을 채우라고 격려한다.

날아오르고, 강하하고, 맴돌고, 공중에 멈춰 서고, 방향을 전환하고, 뒤로 돌고, 심지어 거꾸로 날기까지 하는 잠자리는 비행의 달인이다. 시시각각 바뀌는 색깔과 신속한 움직임은 변화와 유연성, 다양한 관점을 상징한다. 잠자리는 우리가 쉽고 가볍게 꿈속을 비행하며, 지혜의 파편을 현실 세계로 가져오도록 도와준다.

한편, 잠자리는 생의 대부분을 연못이나 냇가에서 유충으로 산다. 그리고 성장하면서 물에서 나와 껍질을 벗고, 날개를 펴고, 하늘로 날아오른다. 수면을 스치듯 날아가는 잠자리는 꿈과 현실의 접점에 관심을 기울이라고 말한다. 물과 하늘을 연결하는 잠자리를 보면, 깊은 꿈이 의식의 표면으로 떠올라 형태를 갖추고 날아가는 일종의 변신 마법을 보는 듯하다.

잠자리는 짧은 생애를 황홀하게 산다. 우리에게 일상의 굴레를 벗어나 자신이 꿈꾸는 영감을 따라가서 진정한 자신의 색을 찾고, 빛나는 빛의 정령을 닮으라고 조언한다.

"생각과 기억에
불꽃을 일으켜라"

물속에서 유충으로 살 때, 우리는 중력과 생존, 그리고 아주 다른 존재 방식을 배웁니다.

그다음으로 잠자리가 되면, 경쾌함과 비행을 배우지요.

즉, 두 가지 인생을 살아가는 셈입니다.

공기와 빛을 사랑하지만, 우리 속에는 깊고 축축한 것에 대한 기억이 숨어 있습니다.

우리는 메시지를 전달하고 일깨워 주려고 사람에게 종종 다가갑니다.

빛을 굴절시키고 반사하여 당신의 생각과 기억에 불꽃을 일으킵니다.

우리는 당신의 신경망을 건드리는 부드러운 스위치 역할을 하지요.

그리고 감정과 꿈의 깊은 물 속에 당신이 남겨둔 지식의 파편을 다시 기억하게끔 도와줍니다.

우리는 의식적인 변신을 보여줍니다.

밝고 가벼워 보이지만, 놀랄 만큼 깊은 인식력을 갖고 있어요.

우리를 '잠자리 (Dragonfly)'라고 부르는 이유는, 우리 안에 불꽃이 빛나기 때문입니다.

꿈으로 가는 터널을 파는 무아지경의 몽상가 마멋

깊은 땅속에 마련한 어두운 꿈의 침실에 터를 잡고 사는 마멋은 겨울잠을 잔다. 이때 심장박동과 호흡이 극도로 느려지며, 체온이 거의 동결 수준까지 떨어진다. 수개월 혹은 거의 반년 동안 의식불명으로 빠져들기 때문에, 마멋은 무아지경의 몽상가이자 꿈 전문 안내자이다.

강한 다리와 두꺼운 발톱을 가지고 후벼 파기를 좋아하는 마멋은 크고 넓은 굴을 판다. 이들은 땅속에 잠자리나 아기들을 위한 방, 혹은 동면실을 만들기 위해 약 227kg의 흙을 거뜬히 옮긴다. 이 방들에는 수많은 터널이 연결되어 있으며, 그 길이가 약 12m가 넘는 것도 많다. 마멋이 파놓은 굴 때문에 사람이 세운 건축물이 종종 피해를 보기도 한다. 마멋은 굴을 파면서 돌, 도자기, 뼈와 같은 인공물을 발굴해 내는데, 과거의 유적과 내면의 유물을 밝은 곳으로 끌어낸다. 이로써 우리가 꿈의 길을 따라 굴을 파면서 여행할 때, 숨겨진 보물을 찾을 수 있도록 도와준다.

날씨가 따뜻할 때, 마멋은 호기심을 갖고 조심스럽게 굴을 들락거린다. 이들은 밤과 낮을 연결하는 해질 무렵과 해 뜰 무렵에 풀을 먹는 것을 좋아한다. 지상과 지하 어디에서든 편안함을 느끼는 마멋은 빛과 어둠, 지상과 지하, 부지런한 활동과 죽음 같은 동면의 시간을 연결한다. 즉, 땅에서 살며 두 세계를 연결하는 역할을 한다.

마멋의 처방은 강력하면서도 실용적이다. 우리의 불면증을 치료해 주며, 신진대사를 원활하게 유지하도록 한다. 마멋은 우리가 다른 차원을 여행하거나 꿈의 경이로움을 탐험할 때도, 중심을 바닥에 두고 땅과 연결되도록 이끈다.

"꿈으로 이어지는
자신만의 통로를 만들어라"

우리의 강점은 깊은 수면과 확장된 의식으로 떠나는 여행에서 드러납니다.

우리가 분별력을 갖고 여행할 수 있는 것은, 꿈으로 가는 출입구를 잘 알기 때문이죠.

우리와 함께한다면 당신은 깊이 있는 여행을 위한 일등석 표를 얻는 셈입니다.

우리의 가르침이 모든 사람을 위한 것이 아님을 기억하세요.

사람에 따라 자동으로 조절되며, 자신이 소화할 수 있는 만큼만 받아들이게 될 거예요.

우리는 수준 높은 사람들과 함께 일해 왔고, 그들과 협력하는 것이 즐거웠지요.

세상이 변해감에 따라 우리의 처방이 더 많이 필요하게 될지도 모릅니다.

우리는 깊은 곳에서 생성되어 섬세하게 표면으로 나오는 땅의 에너지를 연결하지만,

깊은 곳에 더 큰 힘과 창조력이 존재함을 압니다.

부드러운 방식으로 당신이 꿈으로 이어지는 자기만의 통로를 파도록 도와줄게요.

이것이 지구에 사는 마멋이 당신에게 전하는 교훈입니다.

현실을 예견하는 고차원적인 꿈의 스승 도마뱀

200만 년 이상 지구를 배회 중인 도마뱀은 무려 5천 종 이상으로 다양하게 진화하였다. 도마뱀은 공중을 날고 물 위를 달리며 천정을 걸어 다니고, 피부색을 바꾼다. 놀랄 만큼 적응력이 뛰어난 도마뱀은 관찰력과 지각 능력을 가진, 꿈에 익숙한 고대의 생존자이다.

도마뱀은 오래전부터 꿈꾸는 사람을 다른 영역의 의식과 연결하는 것으로 유명하다. 또한, 다른 미래를 깊이 생각하며 가능한 결과를 상상하는 꿈의 능력을 믿는다. 도마뱀은 우리가 자기 꿈을 기억하고 존중하기를 바라며, 실현되지 않은 미래를 예견하도록 돕는다.

도마뱀 중에는 햇빛 속에서 눈부신 색깔로 변하는 종과 원래부터 섬세하고 빛나는 문양을 가진 종이 있다. 이와 마찬가지로 도마뱀의 꿈 또한 생생하고 대담하며, 때로는 그 이미지가 환각적으로 보인다. 우리는 여유롭게 햇볕을 쬐며 삶의 광채를 관찰하는 법을 도마뱀에게서 배운다. 도마뱀이 우리에게 원하는 바는, 꿈속에 나타난 세부적인 내용과 반복해서 나오는 중요한 실마리에 관심을 모으라는 것이다.

청력과 시력이 뛰어난 도마뱀은 움직임과 진동에 매우 예민하다. 따라서 꿈에서 깨어나 자기 내면의 감각을 잘 조율하여 꿈속에 감춰져 있는 상징과 의미를 인식하도록 도와준다.

고차원적인 꿈의 스승으로 인정받는 도마뱀은, 높은 수준의 지식으로 우리를 인도한다. 그리고 꿈이 잠재된 공포와 욕망을 드러내며, 우리가 알고자 하는 이상의 것을 보여 준다는 사실을 일깨운다. 도마뱀의 제자가 될 때, 우리는 꿈을 더 잘 지각하고 꿈속에서 지각과 인식을 계속해서 연결하는 법을 배울 것이다.

"꿈을 통해
확장된 자신을 만나라"

우리는 뛰어난 관찰자이며, 심오한 인식에 이르는 통로를 잘 압니다.

이 통로들은 다른 방식으로 현실을 보게 하는데요,

당신이 전혀 다르게 생각할 수도 있는 그런 심오한 현실이지요.

꿈은 깨어있을 때와 그다지 다르지 않으며, 경험의 연장이라는 사실을 기억하세요.

깨어있을 때, 꿈꿀 때, 앉아 있을 때, 인식의 터널을 응시할 때, 당신은 어느 곳에 있나요?

이것이 바로 당신이 보게 될 '현실'입니다.

깊이 지각하고 싶다면 철학자인 우리와 함께 앉아 햇볕을 쬐세요.

천천히 호흡하고 온기를 느끼며 긴장을 푸세요.

그러면 곧 바라보던 것이 열리며, 그것을 계속 따라가다 보면 꿈속에 당신이 나타날 겁니다.

그것은 당신과 다른 존재가 아니며, 확장된 당신입니다.

이것이 바로 우리가 자신을 보는 방법입니다.

가장 깊은 내면에 숨겨진 꿈을 일깨워 주는 바다표범

인간과 바다표범 사이의 유대는 오랜 역사를 지닌다. 고대인들은 살아남기 위해 바다표범을 사냥했으나, 바다표범을 존중하고 사랑했다. 어떤 이는 조상이 바다표범과 결합하여 자신이 태어났다고 믿었으며, 요정이 바다표범 가죽에서 살그머니 빠져나와 인간이 되었다는 이야기도 있다. 이처럼 바다표범은 신비한 세계와 우리의 꿈을 연결해 준다.

　바다에서 유유히 헤엄치고, 잠수하고, 구르고, 춤추고, 쏜살같이 내달리기도 하는 바다표범은 놀고 탐색하기를 좋아한다. 육감적이고 여유로운 바다표범의 모습은 우리의 몸을 더 편안하게 느낄 수 있도록 해주고, 유연하게 움직이도록 영감을 불어넣는다.

　바다표범은 생기발랄하고 장난기가 넘치지만, 진지한 면도 갖고 있어 우리를 차분하게 만든다. 바다표범은 한 시간 동안 물속에 머물 수 있으며, 수심 300m 이상에서도 잠수할 수 있다. 대양과 정신의 리듬을 서로 이어주는 지혜의 파수꾼인 바다표범은 우리 내면 가장 깊은 곳에 간직한 꿈을 떠올리며, 특히 잊어버렸던 꿈들을 기억나게 한다. 그런 꿈들은 떠올리기에 성가시거나, 농밀하고 불투명한 것이다.

　한편, 바다표범은 꿈속에서 내면의 비전을 일깨우며, 꿈꾸는 것을 기억하게 하고 드러내 보인다. 즉, 우리가 명료하게 꿈을 꾸도록 돕는 것이다. 게다가 꿈꾸고 있는 상태에서 호기심과 창의성을 일깨우며, 꿈속에서 느꼈던 치유력을 가진 예지능력이 실현되도록 인도한다. 마지막으로, 바다표범은 우리가 어떤 사람인지 알게 해 주며, 마음 깊은 곳에서 신비를 발견하고 그 지식이 의식의 표면으로 떠오르게 한다.

"꿈을 통해
교감하라"

우리는 동물성을 느끼며 촉감을 잘 활용합니다.

대지와 얼음, 눈 이외에도 지상에 있는 사물이 가진 결에 접촉하는 것을 좋아하지요.

물은 꿈의 세계와 비슷해서 당신은 물속에서 편안하게 움직일 수 있을 거예요.

겉모습은 단단하지만, 우리의 내면 역시 물처럼 유연합니다.

엄마 바다표범은 꿈을 통해 새끼들과 교감하는데요, 새끼들이 아주 어릴 적에는 더욱 그러하죠.

세상에는 수많은 포식자들이 있으나, 우리는 가끔 새끼들을 남겨두고 사냥하러 떠나기도 합니다.

그래서 우리는 어린 새끼들이 안전하게 살아남을 때까지 계속하여 꿈결에 접속합니다.

우리는 깨어있는 꿈을 통해서도 의사소통합니다.

물살에 실려 전하는 감각과 시각을 통해 교감하지요.

우리에게 배울 점이 정말 무궁무진하지요?

우리는 당신에게 가르침을 주는 것이 즐겁고, 당신들 또한 배우는 즐거움을 맛보게 될 거예요.

6장
치유
Healing

　　정서적 치유와 정신적 치유를 구체적으로 경험하기란 다소 어렵다. 그럼에도 이것들은 억압된 감정과 경직된 신념, 부인하는 것과 보고 싶지 않은 것들을 탐색하도록 한다. 이런 탐색은 좌절과 인내의 순간은 물론이고, 잊어버리기 위해 밀쳐두었던 것까지 포함한다.

　　영적인 치유는 구체적으로 파악하기가 훨씬 힘이 든다. 영적인 여정을 규정하거나 추구하기란 어렵기 때문이다. 그러나 영적인 여정은 자아나 영혼이 잊어버렸던 조각들을 다시 찾아 맞추려는 욕망에서 출발할 수 있다. 우리는 포착하기 어렵고 추상적인 것들을 갈망하지만, 그것이 무엇인지 확신할 수 없다. 그러나 일단 그것과 만나게 되면 단번에 깨닫게 될 것이다.

　　사람이 여러 겹으로 구성된 동시에 통일된 존재라는 점은 분명한 사실이다. 영적인 치유는 물질적인 면에, 정서적인 치유는 명료한 정신을 유지하는 데 영향을 미친다. 더 많이 치유될수록 우리가 얼마나 깊고 넓게 연결되어 있는지를 훨씬 잘 이해할 수 있다.

치유는 불편함을 편안함으로 바꾸며 더 확장된 자아의식을 갖게 한다. 충분한 치유는 내면적인 연관 관계와 내면과 주변의 사물들에서 메아리치는 방대한 에너지의 그물망을 인식하게 하며, 우리를 세상과 연결한다. 우리는 치유를 통해 몸, 느낌, 사유, 그리고 영혼의 현이 들려주는 음악을 들을 정도로 지혜로워진다.

동물은 자연을 치유에 이용한다. 땅밑에 굴을 파고, 나무 위로 올라가고, 초목과 풀잎을 뜯어 먹고, 물속에 잠수하면서 치유의 손길과 자신을 조율한다. 동물은 그들의 몸이 요구하는 목소리에 귀를 기울이며 감응한다. 우리 모두 자연 치유사이다. 사랑으로 내미는 손을 맞잡는 것과 마음을 담아 경청하는 것은 의외로 간단하다.

치유는 자발적으로 일어나기도 하고, 속도도 일정하지 않다. 때때로 치유는 예측하지 못한 형태로 나타나기도 한다. 햇살처럼, 낯선 사람의 미소처럼, 잠자고 있는 개의 푸근한 온기처럼 그렇게 다가올 수 있다. 치유는 사랑의 신비에 마음을 여는 것이며, 우리가 완전한 전체라는 사실을 떠오르게 한다.

Dog 개

충직하고 헌신적인 개는 보호와 안내, 우정을 제공한다.
축축한 코를 보이고 꼬리를 흔들며 조건 없는 사랑을 나타내어
우리의 치유를 돕는다.

Frog 개구리

예전부터 개구리는 치유력을 가진 동물로 알려져 있다.
우리가 인생의 변화를 통해 움직이고,
해묵은 감정 대신 깨끗하고 새로운 것을 찾도록 한다.

Gorilla 고릴라

고릴라는 크고 힘이 센 반면, 평온하고 예민한 감성을 갖고 있다.
우리에게 관용을 가르쳐주며, 평화롭고 침착한 마음으로 치유를 도와준다.

 해우

거대한 몸에 점잖은 성격의 해우는 수로를 미끄러지듯 헤엄쳐 나간다.
애정 어린 자상함으로 우리 자신과 주변의 모든 생명을 받아들여
스스로 치유하라고 가르친다.

 도롱뇽

놀라운 존재인 도롱뇽은 깊숙이 자리한 패턴에 작용하여 변화를 만든다.
물의 감정과 흙의 신비, 불의 힘과 접속하여 변형을 일으켜
치유를 용이하게 해준다.

조건 없는 사랑으로 깊은 치유를 제공하는 개

개는 오랜 세월 동안 사람에게 최고의 친구였다. 개들은 우리를 따뜻하고 안전하게 지켜 주었고, 함께 사냥하며, 아이들과 놀아 주었다. 충직하고 믿음직한 개는 우정과 보호, 이해가 무엇인지 느끼게 한다. 또한, 용서를 가르쳐 주는 고귀한 정신의 소유자이며, 조건 없는 사랑으로 깊은 치유를 제공한다.

개들은 예민한 후각과 청각을 사용하여 우리에게 위험을 경고한다. 영리하고 보살핌에 능하며, 협동과 이타심을 몸소 보여 준다. 수색견과 구조견, 안내견이 되어 사람을 위해 활약하기도 한다. 게다가 사람의 기분을 북돋워 주고 병을 떨치고 일어나도록 격려해 준다. 개는 경청하는 법과 조용히 말해야 할 때를 안다. 그래서 우리는 개를 보며 고통과 슬픔에서 위로를 얻는다. 개는 기꺼이 봉사하며, 대가를 바라지 않는다.

개들은 감정적인 상처를 느끼고 치유하는데 능숙하다. 심지어 학대받을 때조차 사람에게 동정심과 사랑을 제공한다. 우리에게 보내는 그들의 신뢰 덕분에 세상을 다시 신뢰할 힘을 얻는다. 그리고 우리 마음속으로 걸어 들어와서, 최고의 친구가 되는 법을 안내한다.

개는 자기 새끼뿐만 아니라 사람의 가족에게도 헌신적이다. 우리에게 장난을 즐기고, 자유로운 정신과 가벼운 마음으로 살라고 말한다. 개가 꼬리를 흔드는 것은 열린 마음으로의 다정한 손짓이다. 이는 또한 정직과 애정으로 자신을 대하라는 조언이기도 하다. 사랑과 기쁨을 베푸는 개의 눈을 보면, 우리 안에 있는 선량함을 보는 눈이 열린다.

심성이 착한 친구이자 충실한 동료인 개는 부드럽고 지혜로우며 진실하다. 개를 사랑하는 것이 곧 자신을 사랑하는 것이며, 이를 통해 치유가 시작된다.

"삶의 기쁨과 재미를 느끼는
부드러운 존재가 되라"

우리의 치유는 존재, 협력, 우정, 그리고 소박한 사물들의 기쁨과 같습니다.

당신이 원한다면 우리는 걷고, 달리고, 냄새를 맡으며, 함께 놀아줄 거예요.

우리는 고대로부터 사람과 의견을 나누며, 진심어린 사랑과 보호로 함께 살고 있어요.

우리는 당신이 내면에 있는 개를 발견하도록 많은 역할을 합니다.

당신이 슬플 때 위로하고, 익살로 당신을 즐겁게 해 주기 원합니다.

그리고 곁에 앉아서 당신이 발전할 때까지 기다립니다.

우리의 치유는 당신이 삶의 기쁨과 재미를 느끼는 부드러운 존재가 되도록 돕는 것입니다.

우리와 함께라면 당신은 보는 것을 곧 얻게 될 거예요.

그리고 당신이 어떤 사람인지 충분히 표현할 수 있도록 북돋워 주고 싶어요.

우리는 당신이 눈부시게 빛날 수 있다는 것을 믿습니다.

우리는 사랑으로 당신의 영혼과 접촉하고 노는 법을 알기에, 끝까지 당신과 함께할 것입니다.

변화의 행위를 통해 깊이 있는 치유를 이루는 개구리

개구리는 수백만 년 동안 지상에서 살아왔고, 무려 5천 종에 이른다. 행운, 풍요, 비옥함과 행복한 가족의 상징이며, 사람의 치유와도 연관이 있다. 개구리의 각 부위는 옛날부터 치료 약으로 널리 애용되었고, 분비물과 독성은 현대의학에서도 신비한 효능을 인정받았다. 깊은 치유 능력을 가진 개구리는 강인한 정신과 함께, 변화, 청결, 갱생, 재생을 비는 오래된 마법을 지닌다.

개구리의 알이 성인 개구리로 성장하는 동안, 그 에너지는 다양한 존재들 사이에서 순조롭게 적응하고 변신한다. 이는 우리가 인생의 주요한 전환기를 잘 헤쳐 나가서 새로운 상황 혹은 의식의 다음 단계로 도약하는 데 도움이 된다. 개구리의 처방은 자연스러우면서도 깊숙이 작용하며, 우리 내면과 세계 안에서 균형을 찾음으로써 치유가 가능해진다.

예민한 개구리들은 피부를 통해 쉽게 오염 인자를 흡수한다. 따라서 개구리의 개체 수를 통해 지구의 건강 상태를 확인할 수 있다. 어떤 문화권에서는 개구리가 땅을 정화하고 물의 치유력을 소생시키는 비의 주술사로 여겨진다. 또한, 눈물을 통해 부정과 독을 배출하고 막힌 에너지를 뚫게 한다. 더불어 인생관을 새롭게 하며, 내면에 있는 치유자를 불러내 부활과 성장으로 인도한다.

떨리는 목청과 콧소리로 개골개골 우는 개구리는 우리를 느긋하게 하는 한편, 내면의 목소리를 표현하게 유도한다. 그리고 창조적인 본성을 자연스럽게 드러내게 하며, 충분한 치유를 위해 우리 내면의 무언가를 바꾸라고 조언한다.

개구리는 창조의 노래를 불러서 우리가 물에서 시작했다는 것과 모든 생명이 서로 연결되어 있음을 상기시킨다. 개구리와 더불어 우리는 발전하면서 변신을 기뻐하게 될 것이다.

"새로운 방식으로 생각하여
기쁨의 인생을 살라"

우리는 다양한 환경과 장소에서 살고 있으며, 항상 적응할 방법을 찾습니다.

이것은 우리의 치유 방법 중 하나인데요, 나름의 방식으로 해결책을 찾는 즐거움이 있습니다.

우리는 삶이 경이와 기쁨으로 가득 차 있음을 압니다.

세상에 대한 호기심도 많아 절대 한곳에 머무르지 않아요.

물속으로 뛰어들고 헤엄치고 도약하며, 가라앉지요.

당신도 변화하고 싶다면 먼저 움직이세요. 그것 역시 치유입니다.

몸을 움직여서 긴장을 풀고 자연스러운 변화를 체험하세요.

우리는 아이들과 함께 하는 것을 즐기며, 새로운 방식으로 생각하라고 가르칩니다.

당신을 신선하고 활동적인 사람으로 만드는 동시에

새로운 상황 속으로 훌쩍 뛰어들어 인생을 크고 행복한 눈으로 바라보게 할 거예요.

우리는 개구리입니다!

경청을 통해 완벽한 치유를 모색하는 고릴라

지적이고 지혜로우며 깊은 영혼의 눈을 가진 고릴라의 성격은 상당히 내성적이다. 고릴라는 엄청난 힘을 가지고 있지만, 폭력을 행사하는 일은 드물다. 다정하고 선량한 심성에 태평하기까지 해서 무엇이든 잘 수용하는데, 종종 먹이와 공간을 동료와 나누기도 한다. 이처럼 고릴라는 고결함과 명예뿐만 아니라, 넓은 마음과 품위를 보여 준다.

고릴라는 의사소통을 위해 다양한 소리와 몸짓을 사용한다. 고릴라는 민감한 손을 가지고 있는데, 손으로 종종 대화를 나누는 고릴라는 특히 섬세한 동작과 표정에 마음을 잘 맞춘다. 따라서 우리가 뉘앙스를 즉각적으로 간파하고 감정과 지각을 신뢰하며, 남들과 부드럽게 대화하도록 도움을 준다.

엄격하면서도 사려 깊은 고릴라는 남들에게 예의바르게 대하는 것이 함께 번성하는 길임을 알려 준다. 또한, 주의를 기울여 남의 말을 경청하라고 조언한다. 완전한 치유는 서로의 말을 경청한다고 느낄 때 이루어지기 때문이다.

우리는 고릴라와 상당히 밀접한 연관이 있다. 고릴라는 자랑하거나 자만하지 않으면서도 고귀함을 드러낸다. 그리고 우리 자신이 보이는 것보다 훨씬 더 나은 존재라는 것을 깨닫게 한다. 고릴라는 내면의 깊은 자아를 발견하고 표현하라고 말하는데, 타인과의 관계에서 이를 실천한다면 우리는 치유를 받을 것이다.

"내면의
소리를 느껴라"

우리는 당신과 정말로 가까워서

당신을 우리의 친족이라고 부를 정도지요

우정과 상호 이해의 마음으로

당신에게 손을 내밉니다.

우리는 깊은 치유를 제공하지만,

당신은 우리가 내민 손을 보기 원하지 않는다는 생각이 드네요

우리는 내면의 눈으로 바라보며, 진실과 허풍을 구별합니다.

우리는 당신이 정직할 때와 그렇지 못할 때, 자기 내면을 항상 알지는 못한다는 것을 압니다.

그것은 마치 자신을 바보로 만들면서, 자신이 아닌 존재를 자신으로 믿는 것과 같아요

바로 지금 그 자리에서 우리를 만날 수 있어요

평온한 당신의 내면 깊은 곳에서 말입니다.

우리와 함께 앉아서 햇살을 느끼고 대나무를 음미하세요

나무들 사이에서 뛰노는 아이들을 쳐다보고, 나뭇잎이 전하는 소리에 귀를 기울이세요

당신 내면의 소리를 느끼면서 치유의 힘이 자라나는 것을 경험하기 바랍니다.

접촉과 놀이를 통한 치유 전문가 해우

상냥한 성격과 평온한 심성을 보유한 해우는 따스하고 얕은 해변을 따라 평화롭게 헤엄친다. 해우는 무게가 0.5톤이나 되는 거구이지만, 편안하고 우아하게 헤엄친다. 우리에게도 여유롭게 주변을 즐기고 가족을 사랑하며, 세상 만물을 부드럽게 대하라고 말한다.

해우는 엄청난 거구지만 놀랄 만큼 민첩해서 다양한 모습으로 헤엄칠 수도 있고, 작은 눈으로도 사물을 또렷이 본다. 호기심이 많고 탐구적이라 게임을 만들고 탐색하며, 서로 부딪히면서 논다. 해우의 처방은 스트레스를 풀고 내면의 비전이 가진 명료성을 신뢰하며, 접촉이 가진 치유력을 인식하라는 것이다.

물속에서 뜬 상태로 휴식을 취하는 해우는 표면 아래에 떠돌고 있는 사고와 감정을 고려하도록 우리의 영감을 자극한다. 또한, 여유롭게 아이디어를 떠올리고 느낌을 응시하여, 정서적인 세계에서 점점 더 편안하고 창의적인 상태가 되게 한다. 해우는 불안, 동요, 초조함을 부드럽게 누그러뜨리는 힘을 갖고 있다.

해우에게는 심오한 깊이가 있어서 우리가 몸 깊숙한 곳에 자리 잡고 자연스러운 리듬과 균형을 회복하게 하며, 자신과 감정을 수용하도록 돕는다. 어미 해우는 매우 자애로워서 새끼들과 몇 년 동안 가까이 지내며 늘 곁에 머문다. 이처럼 해우는 관계 속에서 사랑을 키우고 함께하면서 즐거움을 누린다.

해우는 우리가 대수롭지 않은 좌절에서 벗어나도록 한다. 해우의 치유는 깊이가 있으며 핵심을 다루므로 그들과 함께라면 우리는 평화를 만날 것이다.

"있는 그대로의 자신을 사랑하며
빛이 되라"

우리는 삶의 바다를 유유히 헤엄치면서 인식하고 조율합니다.

우리에게는 엄청난 치유력이 있으며, 이것은 우리가 이 세계에 주는 선물이지요.

우리는 깊이를 지니고 있고, 있는 모습을 그대로 보이는 존재입니다.

참모습이 아니라면 절대 보여주지 않는데요, 솔직한 우리 자신을 사랑하기 때문이죠.

이것이야말로 당신에게 전하는 최고의 치유 중 하나입니다.

우리는 바다와 교감하며, 파도소리가 주는 치유에 감응합니다.

당신도 우리와 함께 헤엄친다면 이를 느낄 수 있습니다.

어디에서든지 우리의 음색과 조율할 수 있으며, 당신 내면에서 그것을 느낄 거예요.

해우의 치유는 '빛이 되라'는 것입니다.

우리는 당신처럼 빛으로 가득 차 있으며, 다정함과 재미, 기쁨을 느끼도록 영감을 줍니다.

수많은 물길을 따라 멀리멀리 퍼져 나가는 우리의 노래를 당신이 듣기 바랍니다.

인습에 구애받지 않는 치유사 도롱뇽

모든 양서류와 마찬가지로 도롱뇽은 물에서 살다가 뭍으로 나간다. 전설에 따르면 도롱뇽은 불에서 살거나 불 속에서 창조되며, 도롱뇽의 에너지는 종종 예기치 않은 방식으로 나타난다. 즉, 놀라움과 변신의 치유력을 보이는 존재이다.

도롱뇽은 변신에 능하고, 다른 세계와 존재 사이를 편리하게 오가는 능력이 있다. 따라서 우리가 인생에서 겪는 극적인 변화에 원만하고 편안하게 적응하도록 해준다. 수백 종의 도롱뇽이 있는데, 그중 대다수는 고유한 능력이 있다. 상당수는 공격을 받으면 독성을 분비하며, 달아나기 위해 꼬리를 자르는 종도 있다. 이를 통해 인습에서 탈피하고, 보호와 자기보존의 치유 에너지를 보유해야 함을 배울 수 있다.

도롱뇽은 섬세한 피부를 통해 숨을 쉬고 물을 흡수한다. 우리에게도 피부를 잘 보살피라고 말하는데, 피부는 우리가 세계와 접촉하는 얇은 경계면이기 때문이다. 도롱뇽은 육체적 인식과의 섬세한 조율을 통해 건강을 강화시키며, 내면과 외부 사이에 에너지 순환이 자유롭게 일어나도록 돕는다. 또한, 움직임과 미묘한 진동, 자기장에 예민하다. 도롱뇽은 적절하게 조절하고 몸을 재정비하여 치유하는 법을 알고 있으며, 감정과 사고의 방향을 재조정하기도 한다.

대부분 도롱뇽의 꼬리나 사지는 새롭게 자라난다. 도롱뇽은 내면의 자원과 접촉하여 손상 부위를 치유하고, 재생과 갱생을 통해 기존의 수준으로 회복시킨다. 도롱뇽의 가르침은 다소 이해하기 어려우나, 그것이 보여 주는 치유력은 심오하다.

"신비에 몸을 맡기며
다른 세상을 만나라"

우리는 다른 세계를 지그재그로 오가며, 잽싸게 돌진하거나 적응합니다.

우리는 신비와 고대의 마법 세계에 한 발을 들여놓고 있습니다.

그럼에도 여전히 현실에 존재하고 있어요

치유에 관한 우리의 메시지는 '신비에 몸을 맡기라'는 것입니다.

우리는 다른 시대, 다른 공간으로 인도하는 비밀스러운 통로와 출입구를 압니다.

이는 우리가 행하는 '오래된' 마법의 하나입니다.

우리는 마법사와 더불어 일하며 마법을 이해합니다.

우리가 말하는 '불'은 영혼의 불이며, 더 많은 것을 알고자 하는 불타는 욕망입니다.

우리와 함께라면 아주 새로운 형식과 존재 방식을 열어 주는 다른 사고와 만날 수 있습니다.

우리의 마법은 세련되지만, 소박한 방식으로도 일하지요

우리는 적응력이 뛰어나거든요

이것이 바로 우리의 매력입니다.

7장

통합

Integration

통합은 이전에 분리되었거나 격리되었던 것, 혹은 잊거나 잃어버렸던 것들을 함께 결합하는 것이다.

통합은 서로 대조적인 관점을 드러내는데, 자신의 관점과 다른 경우에는 더욱 그러하다. 예를 들어, 내면의 어둠과 빛처럼 상반된 것들을 화해시키려면 통합이 필요하다.

통합하는 과정에서 심각한 트라우마, 정서적 스트레스, 혹은 부인이나 억압 때문에 감춰두었던 전 의식적인 파편들과 자신의 일부를 모아들이게 된다. 그리고 우리가 지니고 있는 취약한 부분들을 수용하고 인정하고 교정하여 취약한 부분이 가진 핵심적인 본질을 깨닫는다. 이로써 보지 못한 것들을 보기 시작한다.

우리는 더욱 큰 전체의 패턴을 인식하고, 인생의 모든 측면을 통합한다. 그런 과정에서 기존의 믿음이나 방향을 바꾸려는 마음이 생긴다. 이는 내면에서부터 새로운 균형을 감지하기 때문이다.

통합은 처음에는 우리를 지진처럼 흔들어 놓다가 시간이 흐르면 섬세하게 떨리면서 하나의 예술이 된다. 우리는 잃어버린 자아를 재통합하여 우아함과 고귀함을 인정하게 된다. 통합이 주는 선물과 다채로운 관점은 더 크고 통일된 전체를 우리에게 제공한다. 결국, 우리는 '진짜 자신이 된다는 것'이 무엇인지 깨닫는다.

도무지 조화를 기대할 수 없었던 것들이 서로 융합하고, 대조적인 요소들에서 기쁨을 발견하면서 우리는 어울려 논다. 예술적인 통합은 퓨전 요리나 창조적인 논픽션 등과 같이 상반된 장르들을 혼합한다. 심오한 통합의 힘은 많은 발명과 발견, 그리고 섬광 같은 깨달음을 낳는다.

통합은 우리의 자존심을 고취하고, 나만의 특별한 재능과 선물의 가치를 인식하게 한다. 또한, 확신과 자신감을 심어주고 자아를 유지하도록 격려한다. 통합과 더불어 우리는 지원과 사랑, 그리고 소속감을 느끼게 된다.

통합은 신성한 공간을 창조하도록 돕는데, 우리는 자신의 자아를 발견하면서 스스로 신성한 공간이 되고, 통합적인 존재의 본보기가 되기 때문이다. 우리는 모든 생명체가 원래 하나이며 서로 연결되어 있음을 기뻐하면서도 다양성을 환영한다. 결국, 통합은 우리가 전체의 한 부분임을 보여 준다.

Fox 여우

여우는 민첩하고 섬세하게 조율하는 감각의 대가이다.

우리에게 세계와 세계 사이에서 여행하는 법을 가르쳐 주며,

현실 너머에 존재하는 것들을 일상적인 의식 속으로 통합시킨다.

Hippopotamus 하마

커다란 덩치로 종종 물속에 잠수하는 하마는

우리가 정서적인 깊이에 도달하도록 돕는다.

그뿐만 아니라 자신을 파악하도록 원만하게 접근시킨다.

Peacock 공작

공작은 자존심을 고양하며,

우리가 갖고 있는 고유한 장엄함을 포용하도록 안내한다.

눈부신 자태를 뽐내는 공작의 모습은 통합의 예술적인 측면을 반영한다.

우아하고 품위 있는 백조는 직관적인 재능을 의식의 표면으로 부상시킨다.

공정한 마음과 통찰에 균형을 부여하며, 내면의 아름다움과 외면적인 표현을 통합시킨다.

자신의 개성을 명료하고 자신감 있게 표현하는 법 또한 가르쳐 준다.

• *Zebra* 얼룩말

통합의 아름다움을 보여 주는 얼룩말은 상반된 관점을 통합하고,

집단적인 상황에서도 개별성을 유지하도록 한다.

서로 다른 세계의 통합을 유도하는 여우

여우는 영리하고 눈치가 빠르며, 집요하고 날쌔면서도 부드럽고 용기가 있다. 여우를 묘사하는 형용사들은 훨씬 더 많으며, 예리한 적응력으로 30여 종의 여우들이 드넓은 서식지에 걸쳐 번성하고 있다.

여우는 다른 두 서식지가 만나는 경계 영역에 걸쳐서 사는 것을 좋아한다. 황혼과 동녘을 제외하고는 좀체 모습을 드러내는 적이 없기에, 시간 변화의 통로이자 다른 차원으로의 출구를 연상시킨다. 그래서 여우는 두 세계에 걸친 경계 영역의 수호자로 통한다. 수많은 전설을 보면 여우는 둔갑술을 부리며, 다른 세계로 안내하는 영리한 가이드로 등장한다. 여우는 우리에게 초원과 자연의 정령들을 만나게 하고, 이승과는 다른 영역으로 안내한다. 하지만 그 사이에서 균형을 잃는다면, 미망이나 불행의 나락으로 떨어질 수도 있다. 여우는 의식을 흔들면서 일상적인 현실 너머를 인식하도록 자극한다. 즉, 마법을 인지하도록 돕는 것이다.

고도의 기술을 가지고서도 조용히 관찰하는 여우는 주변을 잘 살피라고 가르친다. 그리고 섬세한 변장기술을 이용하여 남몰래 주시하는 법을 알려 준다. 또한, 기회를 기다리는 것의 가치와, 상황을 잘 활용하고 올바른 결정을 내리며 예측하는 법을 설명한다.

여우는 거리 두기의 기술을 알려 주어 성급한 결론으로 비약하지 않도록 한다. 여우의 에너지가 어디에 있는지 항상 알지는 못하나, 여우는 믿을 수 있는 친구이다.

여우는 영리하고 창조적이며 노련하게 행동하라고 조언한다. 그러나 여우의 에너지가 과하면 교만해지고 재앙에 이를 수 있다. 여우의 지혜는 우리의 감각을 연마하고, 능력에 균형을 잡아 준다. 여우와 더불어 가볍게 인생의 춤을 춰보기 바란다.

"타이밍의 기술을
소중히 여겨라"

우리가 당신과 함께 행하는 많은 일은 당신이 감각을 열고 인생을 더 예리하게 관찰하도록 합니다.

또한, 세계를 좀 더 많이 느끼고 경험하도록 하지요.

인내심을 갖고 민첩하게 행동하는 사람에게 우리는 다른 차원으로 들어가는 통로를 보여 줍니다.

또한, 특별한 통합에 이르도록 할 수 있으나, 단지 거기까지만 안내할 수 있어요.

우리는 활기차고 적극적인 마음으로 삶에 참여해야 하는 순간을 잘 알지요.

그러나 우선 관찰하는 데서 깊은 평화를 느낍니다.

우리는 타이밍의 기술도 소중히 여깁니다.

사냥해야 할 순간과 도망쳐야 할 순간을 구분하는 것이 얼마나 즐거운지 몰라요.

우리는 노련하고 경험이 많으므로 세련되고 섬세하게 조율하지요.

만약 당신이 더 선명하게 보고 능숙하게 움직이며 원만한 삶을 살기 원한다면,

우리와 함께 앉아서 배우세요.

여우는 기민하고 고결하게 세계를 관찰하는 전문가이니까요.

원만한 표현과 통합을 인도하는 하마

하마는 흔히 깊은 물 속에 잠겨 있을 때, 정서, 꿈, 창조성이라는 유연한 세계를 즐긴다. 물에 거의 잠겨 있을 때조차도 눈, 귀, 콧구멍을 머리 위로 높이 쳐들고 표면 위에서 어떤 일이 일어나고 있는지 살펴본다. 즉, 사고와 감정, 창조적인 통찰과 행동을 어떻게 통합하고 조화시키는지 보여 준다. 이를 통해 우리는 침착하고도 안정감 있는 생활을 영위하는 법을 배운다.

낮 동안 하마는 따가운 햇볕에 피부가 타는 것을 막기 위해 얕은 물 속에 잠겨 지낸다. 저녁이 되면, 식사를 하러 각자 자기가 좋아하는 풀밭으로 올라간다. 그러면서 땅딸막한 다리로 거구를 이끌고 반들반들한 길을 내는데, 다른 동물들은 하마가 닦아놓은 그 길로 다닌다. 이렇듯 하마는 물과 육지를 연결하고, 실현 가능한 구체성으로 꿈꾸기 위한 지반을 만든다.

하마는 거대한 몸짓에도 민첩하고 빠르게 몸을 돌릴 수 있다. 육체나 감정 모두 신속한 전환이 가능하며, 즐겁고 적극적인 성격 덕분에 변화를 즐거워한다. 하마는 타인과 우리 자신을 존중하라고 요구한다. 그리고 물속에 있는 하마는 우리가 무엇을 느끼며 어디에 속해 있는지 깨닫게 한다.

하마는 꿀꿀거리고 트림하며, 물과 공기를 동시에 뚫고 나가는 특별한 소리를 낸다. 하마는 물과 육지 양쪽에서 교감하고 영적인 영역과 대화하며, 명료한 꿈을 꾸게 한다. 더불어 영적인 통찰과 꿈을 분명히 인식하고 통합하도록 인도한다.

둥글둥글하게 살찐 거구의 하마는 우리가 가진 모든 특징을 받아들이고 인정하라고 한다. 또한, 그 특징들이 더 크고 충만하고 원만하게 표현되도록 통합시킨다.

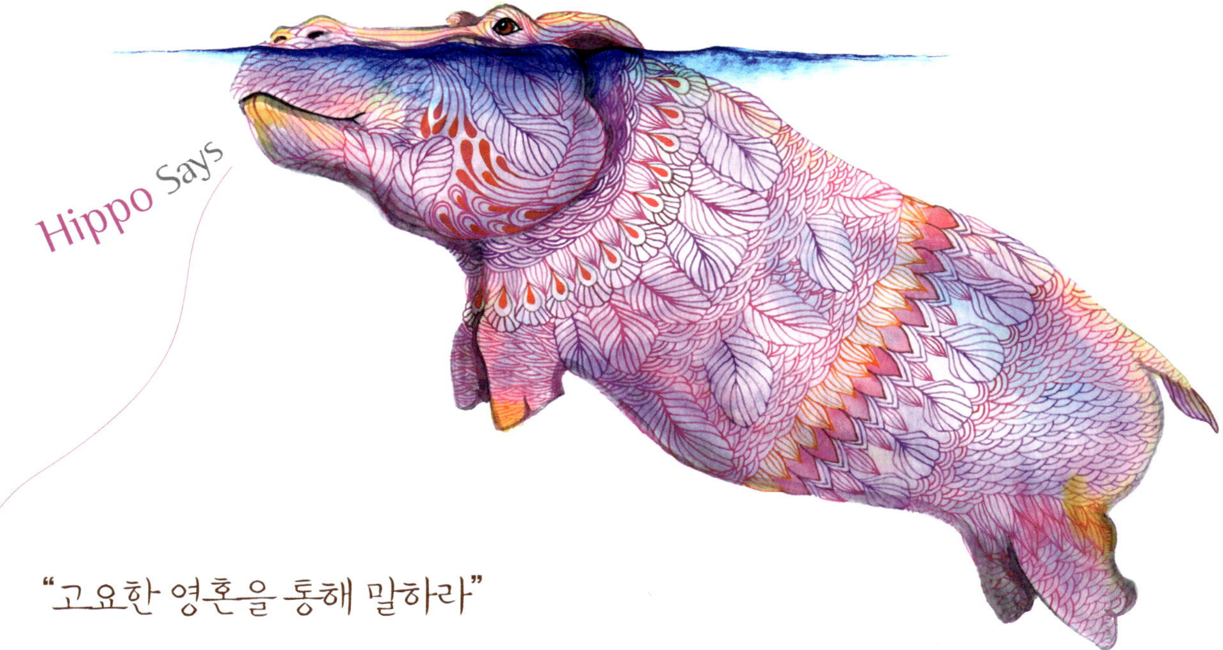

"고요한 영혼을 통해 말하라"

우리는 안정적이고 견고합니다.

우리는 물에서 동지애와 지식을 이끌어내서 감정과 감각을 확장하고 확대합니다.

남들이 무엇을 하는지 잘 아는 이유는, 우리 몸을 통해 느낄 수 있기 때문입니다.

우리는 세계를 통해 사람이 어떤 존재인지, 그리고 어떤 행동을 하는지 파악합니다.

이 모든 것이 물속에서 가능하죠.

생각과 감각, 행동과 같은 에너지는 대지를 가로질러 움직이고,

땅으로 흡수되며 물속에서 농축됩니다.

모든 것이 고스란히 전달되므로 당신이 대지와 물을 속이기란 어렵습니다.

당신이 차분하게 앉아 마음을 열고 느끼고 듣는다면, 당신 또한 우리를 이해하게 될 거예요.

우리는 자신과 평화롭게 지내므로, 남들과도 다투는 일이 드물죠.

우리는 고요한 영혼을 통해 말하며, 타인에게 둘러싸여 있을 때조차 혼자라서 행복합니다.

이것이 하마의 지식이자 특별한 지혜의 목소리입니다.

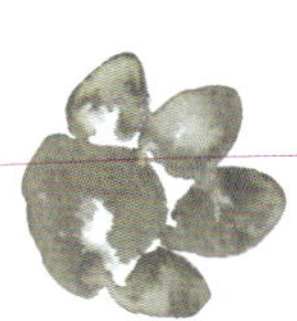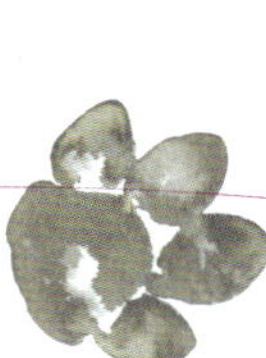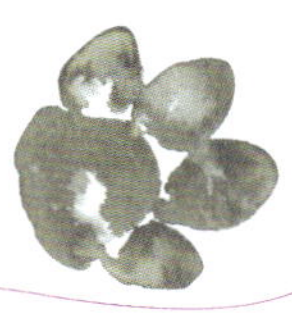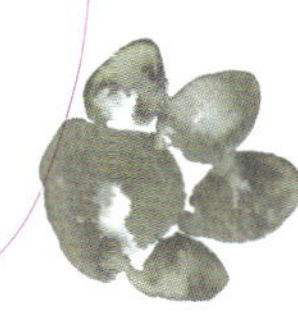

진정한 자기 색깔을 표현하며 통합을 이루는 공작

눈부시게 푸른 초록빛, 왕관과 같은 벼슬, 그리고 제왕 같은 꼬리를 뽐내는 공작을 보면 고귀함, 지휘, 보호의 이미지가 연상된다. 고대시절 공작은 왕권의 빈틈없는 수호자였으며, 불멸의 영혼, 태양, 영적인 각성을 나타내는 존재였다.

공작은 장난스러우며 쾌락을 추구한다. 큰소리로 외치고 자랑스럽게 자신을 과시하면서 인생을 즐긴다. 하지만 공작은 습관의 새이기도 하다. 같은 장소에서 먹고 같은 구멍에서 물을 마시며, 익숙한 나무 위에서 홰를 친다. 공작은 우리에게 인생과 자신을 즐기는 동시에 가정의 안락함을 즐기라고 설득한다.

관대하고 통찰력이 있는 공작은 우리 자신을 편안히 받아들이라고 말한다. 우리에게 완전성을 가르치면서, 잘못되거나 놓친 것에 대한 미련을 버리고 앞에 놓인 것을 즐기라고 조언한다. 자신의 모든 면을 받아들이되, 특히 추한 모습까지도 수용하라고 말한다. 이를 통해 우리는 내면의 아름다움을 재발견하게 된다.

자신감과 품위의 상징인 공작은 진정한 아름다움은 내면에서 나온다는 사실을 잘 안다. 하지만 내면의 아름다움을 외적으로 표현하는 것이 잘못이라고 생각할 필요는 없다. 공작은 우리가 자존심을 키우고 자신을 빛내며, 풍부하고 화려한 색깔로 고귀한 자아를 아낌없이 드러내라고 격려한다.

공작은 괴상한 큰 소리를 내는데, 때로는 그 소리가 웃음처럼 들릴 때도 있다. 여기서 느긋하고 자연스러운 행동과 자신의 개성에 만족하는 삶의 자세를 엿볼 수 있다. 공작은 완전함을 찬양하며, 우리 또한 그러기를 바란다.

"자기 내면의
자랑거리를 발견하라"

우리는 화려한 축제와 구경거리를 좋아합니다.

수컷은 자신을 자랑하고 뽐내며, 암컷은 그것을 감상하지요.

이것이 잘 어우러져 '보여주기'와 '보기'가 통합을 이룹니다.

당신처럼 우리도 자신을 전시하고 화려하게 꾸미길 좋아하지요.

많은 사람들은 자랑하고 주목받기 위해 다채로운 광경을 연출합니다.

또 어떤 이들은 남들이 보여 주는 색채, 행동, 소리를 지켜보고 빠져들지요.

우리가 말하는 통합의 핵심이 바로 여기에 있습니다.

우리는 모든 사람이 자기 내면에 있는 자랑거리를 발견하도록 도와줍니다.

내면의 색깔이 눈부시게 빛날 때, 남들이 영감을 받을 수 있으니까요.

우리 모두 관객이자 연기자이며, 보는 자인 동시에 보여 주는 자입니다.

우리가 고상하고 장엄하게 보인다고요? 그건 우리가 실제로 그런 존재이기 때문입니다.

'공작처럼 자랑한다'는 것은 능력을 표시하는 관용구이며, 정말 적확한 표현입니다.

당신도 자신을 마음껏 자랑하기 바랍니다.

서로 다른 세계와 현실을 통합하는 백조

시인, 예술가, 음악가의 뮤즈이자 사랑과 영혼의 상징인 백조는 아름다움과 우아함으로 세상에 마법을 건다. 고대 전설에 따르면, 이승과 저승을 오갈 때 사람이 백조로 변신하거나, 사람들이 잠에 빠져들도록 백조가 노래로 마법을 건다. 실제로 백조의 가르침은 종종 믿지 못할 만큼 강력한 힘을 발휘한다.

　우아하게 굽은 목과 눈부시게 흰 깃털, 부드러운 몸짓 덕분에 백조는 섬세한 공기의 정령처럼 보인다. 하지만 실제로 백조는 상당히 튼튼해서 장거리를 날아가며, 짝짓기할 때는 침입자의 뼈를 부숴놓을 정도이다. 이는 외모에 현혹되지 말라는 백조의 조언이다.

　백조의 강인한 정신은 존경심을 자아낸다. 백조는 대체로 평생 같은 짝과 살고 둘이서 여행하면서 암수의 통합과 헌신적인 파트너의 모습을 보여 준다. 또한, 백조는 부모가 힘을 합쳐 새끼를 키우고 보호한다. 백조는 관계에 헌신하여 명예와 고결함을 키우는 모범이 된다.

　백조는 유연한 감성과 꿈, 창조성을 가로지르며 조용히 움직인다. 그리고 물속에 머리를 넣었다 빼며 먹이를 찾는데, 내면적인 작업은 부드럽게, 정서적인 통찰은 조심스럽고 주의 깊게 통합해야 한다고 말한다. 물속과 땅 위, 공중을 두루 다니므로 백조는 다른 세계와 현실을 통합할 수 있다. 단, 어디에서 무엇을 하든지 의식의 균형을 유지하라고 요구한다.

　끝으로, 백조는 하늘 높이 솟아올라 장거리를 날아간다. 그리하여 내면의 세계와 영적인 비행의 본성을 서로 연결한다. 또, 의식 상태를 변화시키고 마음의 문을 열어 미래의 비전을 보면서 마음껏 지식을 수집하라고 조언한다.

"우아하게 적응하며
부드럽게 움직여라"

우리는 많은 세계를 포괄하며 수없이 다른 상황과 환경, 다양한 대지와 만나지요.

백조에게는 여러 가지 얼굴이 있지만, 우리는 언제나 존재의 핵심에 자리하고 있어요.

우리는 내면적인 앎과 기쁨이라는 강력한 중심을 품고 있어요.

새로운 상황을 포용하며, 당면한 과제에 집중하고 몰두합니다.

둥지를 틀 때도 우리는 전심전력을 다하지요.

새끼들을 키울 때는 미래의 비전과 사랑에 관심을 집중합니다.

육지에서 육지로 이동할 때 짜릿한 기분을 맛보고, 물속을 이동할 때는 자부심을 느낍니다.

우리의 가르침은 '어떤 순간에도 우아하게 적응하며, 활주하듯 부드럽게 움직이라'는 것입니다.

우리가 가진 핵심으로부터 우러나온 것이므로 이 말을 이해하려고 노력해 보세요.

매 순간과 상황을 자신의 것으로 충만하게 통합하라는 의미입니다.

그것이야말로 강력한 중심을 만드는 방법이자, 이 세계에 아름다움을 드러내는 방법입니다.

고유한 개별성으로 전체를 구성하는 얼룩말

말의 혈통 중에서 가장 오래된 구성원인 얼룩말은 인간의 지문과 마찬가지로 각자 고유한 줄무늬로 저마다의 개별성을 표시한다.

사바나 초원에서 홀로 있는 얼룩말은 눈에 잘 띄므로 공격당하기 쉽다. 하지만 무리지어 있을 때 그들의 줄무늬는 포식자를 혼란스럽게 만든다. 줄무늬가 모여 하나의 거대한 짐승처럼 보이기 때문이다. 이처럼 얼룩말의 위장술은 우리가 본 것이 언제나 그곳에 실재하지 않는다는 점을 깨닫게 한다.

얼룩말은 개별성을 잃지 않고 집단에 속하는 것이 주는 이점이 무엇인지 알려 준다. 그리고 사회적인 동물인 얼룩말은 가족과 공동체의 소중함을 강조한다. 그러면서 우리가 가진 특별한 재능을 함께 나누고 남의 재능을 축하하라고 말한다. 즉, 자아의식을 유지하면서도 집단의식과 통합하는 법을 배울 수 있다.

얼룩말은 상반된 관점을 인정하고 받아들이며 전진하라고 말한다. 사물은 흑백으로 단순하게 양분할 수 없으며, 흑과 백 모두일 수도 있다는 사실을 깨닫게 한다. 얼룩말이 말하는 처방의 핵심은 '옳다', '그르다'는 경직된 판단과 편견을 깨라는 것이다. 개개인은 모두 지구의 생명체로서 뚜렷하고도 중요한 역할을 맡고 있다는 사실을 강조한다.

날렵하고 민첩한 얼룩말은 탁월한 시각과 청각, 미각을 갖고 있다. 심지어 혼란의 중심에서도 확신을 갖고 명석하고 능숙하게 움직이는 법을 우리에게 가르친다. 환상 너머의 것을 지각하게 되면, 자기 내면과 이 세계에 있는 빛과 어둠의 에너지를 통합하는 방법을 발견할 수 있다. 얼룩말이 코를 가까이 들이밀 때, 감춰진 지식은 모습을 드러낼 것이다.

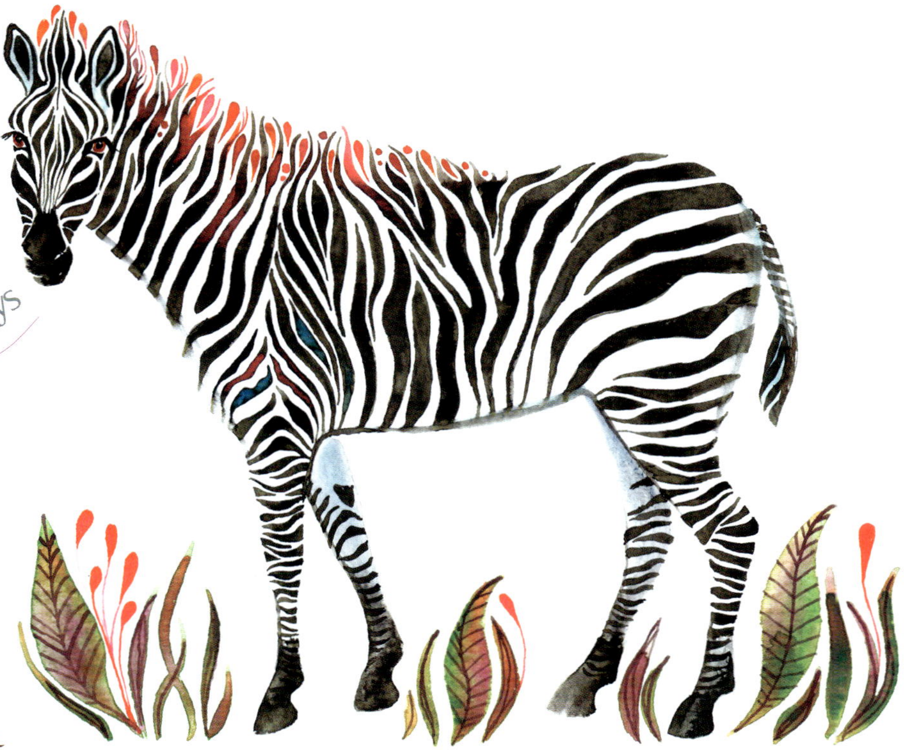

"당신을 이루는
모든 것들을 받아들이라"

우리는 혼란 속에서도 동정심을 부르며, 불협화음 속에서도 평정심을 유지합니다.

인류애에 대하여 말하고 싶은 바는 '당신을 이루는 모든 것들을 받아들이라'는 것입니다.

당신이 가진 빛과 어둠까지도 말입니다.

우리는 상반된 것처럼 보이는 견해를 조화시키려고 노력합니다.

또한, 흑백 관점이라는 것이 결국 보이는 것과 보이지 않는 것의 반영임을 증명합니다.

교대로 반복되는 줄무늬는 우리를 고유한 종으로 만드는 동시에 대조의 아름다움을 나타내지요.

우리는 각각의 줄무늬가 지닌 가치에 관해 말하는데요,

이것은 전체를 구성하는 핵심 부분으로서 각각의 개별성과 나아갈 길을 의미합니다.

우리는 당신이 가슴을 열고 더 깊은 소속감을 깨닫게 될 그런 치유를 드리려고 해요.

모든 개인은 중요하며, 제각기 고유한 방식으로 세상에 이바지합니다.

이를 통해 전체성을 창조해가는 것이 우리가 주는 치유의 아름다움입니다.

8장

직관

Intuition

직관은 의식적인 추론이나 오감을 이용하지 않고 획득한 지식으로 정의되는바, 여섯 번째 감각이며 직접적인 지각이다.

직관은 본능에 따라 인식하거나 육체적으로 느낄 수 있다. 우리는 때때로 위장을 휘젓는 듯한 느낌이 들거나 뼛속에서 무언가를 감지하기도 한다. 직관은 마음으로도 느낄 수 있다. 섬광 같은 번쩍임, 갑작스러운 명료함, 마음으로 느끼는 확실함, 혹은 계시적인 비전으로 나타난다. 깊은 직관은 즉각적이며 부인할 수 없다.

직관은 표면 아래서 진행되고 있는 것을 느끼도록 옆구리를 쿡쿡 찌른다. 그래서 우리는 남들이 무슨 말을 하고 어떤 행동을 하든 상관없이 그 실체를 정확히 파악할 때가 있다.

직관은 개방하는 것이다. 지각의 문이 활짝 열리면 시공간을 이동할 수 있다. 깊이 느끼고 감정의 흐름을 따르며 통찰과 내적 비전이 주는 영감에 몸을 싣는다면, 우리 자신을 더 큰 현실의 틀에 적용할 수 있다.

'직관하다'라는 말의 의미는 내면을 들여다보는 것과 상통하며, 때로는 어떠한 존재의 '정의'에 예기치 않게 발이 걸려 비틀거릴 수도 있다. 장미, 새, 풀잎을 바라볼 수도 있고, 불현듯 내면에 존재하는 정신을 깨닫기도 한다.

직관은 마음을 더 많이 열어 현재 존재하는 것과 앞으로 존재할 것들을 적극 환영하는 것이다. 우리는 직관적으로 패턴과 힌트, 실마리를 감지할 수 있다. 생기 넘치는 이 세계는 신호, 의미, 상징으로 가득 차 있다. 따라서 직관은 다른 존재의 비밀을 깨닫게 할 것이다.

어떤 사람에게 직관은 발전하고 자각은 진화하는 것으로 보인다. 우리의 의식은 확장되는 한편 심화한다. 어떤 경우 모든 감각은 이 여섯 번째 감각이 증폭된 것처럼 고양되고 더 깊어지며, 감각적으로 알게 된 경험에는 충만함과 감촉이 더해진다.

예리한 직관이 있다면 우리는 언제 무엇을 해야 하는지 안다. 즉, 모호한 생각에서 벗어나 명료하게 깨닫게 된다. 모든 생명과 함께 흐르는 가운데, 더 큰 구조 속에 우리의 길이 펼쳐짐을 느낄 것이다.

• *Chicken* 닭

닭은 자부심이 강하고 목적의식이 뚜렷한 동물이다.

우리가 비전에 초점을 맞추고, 감수성을 계발하도록 돕는다.

또한, 타인과 공감할 수 있는 감정의 통로를 열고, 현실감을 유지하게 한다.

• *Jaguar* 재규어

내면세계로 여행하는 동물로 알려진 재규어는

어둠 속에서 움직이는 법을 알려 준다.

집중력과 식별력이 탁월하여 직관을 정밀하게 다듬으며,

능력에 대한 자신감을 길러 준다.

• *Llama* 라마

땅 위에서 자신의 영역을 확장하는 라마는 여행 시 짐을 덜어 주고,

영혼과 자주 접촉할 수 있게 한다.

또한, 에너지를 절제하고 각성에 이르는 길로 이끈다.

교사이자 전사이며 신중한 움직임으로 유명한 사마귀는 고요의 비밀을 밝히며,
직관을 꼼꼼하고 정확하게 다듬는 법을 알려 준다.

• *Rhinoceros* 코뿔소

두꺼운 피부에도 매우 예민한 코뿔소는 오랜 역사를 가진 지혜로운 동물이다.
코뿔소는 균형의 중요성과 함께,
인식의 범위를 점점 넓혀갈 때는 본능을 신뢰하라고 조언한다.

진리를 밝히고 세계를 각성시키는 닭

닭은 높이 혹은 멀리 날 수 없기에 하늘보다는 땅 위주로 살아간다. 땅과 긴밀한 관계로, 흙에 자신을 맞추고 땅으로부터 에너지를 흡수한다. 또한, 호기심이 많고 관찰력이 뛰어나며 좁은 곳에서도 잘 적응하는 등 실용적인 현명함을 갖추고 있다. 닭은 진리를 발견하고 직관을 일깨우는 동시에, 내면의 목소리에 귀를 기울이고 육감을 신뢰하라고 자극한다.

강한 결단력을 지닌 닭은 원하는 것을 찾을 때까지 탐색한다. 즉, 표면 아래 감춰져 있는 진실을 밝힐 수 있는 능력에 집중한다. 닭은 감정이입 능력이 뛰어나서 직관을 섬세하게 조율하고, 타인의 생각과 감정을 더욱 잘 인식하도록 돕는다. 하지만 지나치게 감정에 치우치지 않으려면 대지와 접촉하고 몸에 집중하라고 말한다.

자부심이 강하고 고귀한 성품의 닭은 지적인 동시에 자기 성찰에 능하다. 그리고 위험을 감지했을 때, 곧바로 자기 영역을 보호한다. 닭은 우리에게 강인한 정신력으로 새로운 아이디어를 받아들이며, 인생의 모든 영역에서 숙련된 기술을 키워 나가도록 격려한다. 이와 더불어 타인과 지식을 공유하며 서로 돕는 것이 필요하다고 말한다.

창조와 다산의 상징인 닭은 색깔, 무늬, 깃털 등에서 다양성을 보인다. 영적인 세계와 접속하는 통로로 여겨졌던 닭은 종종 희생 제물로 바쳐졌다. 이처럼 닭은 지상과 천상을 연결하며, 영적 비밀과 연결된다.

닭은 무리지어 살지만, 고유하고 독립적이다. 수탉이 큰소리로 홰를 치면서 우는 것과 같이, 닭은 우리를 일깨워서 이 세계에 존재를 알리는 역할을 한다.

"날카로운
내면적인 비전을 가져라"

우리는 자신을 관습에 얽매이지 않으며 재미있게 살려고 노력합니다.

우리는 단지 고기와 달걀뿐만이 아니라 여러 측면에서 인간을 이롭게 합니다.

예를 들어, 세상에서 부딪히는 문제들을 부리로 쪼아서 없애고,

다양한 깃털과 색깔, 춤을 통해 당신과 더불어 즐기지요.

우리의 영혼은 누구도 길들일 수 없습니다.

우리는 자기 역할을 뚜렷하게 알며, 정교하고 멋지고 재능 있는 닭이니까요.

종종 의식이나 축제에 우리가 사용되는데요, 이것이 우리의 힘에 대한 실마리입니다.

즉, 당신이 내면의 영적 존재에 다가가도록 도와주는 것이지요.

우리는 명료하고 날카로운 내면의 비전으로 세부적인 것들을 바라봅니다.

따라서 당신이 혼란스러울 때 현실을 직시하도록 도울 수 있어요.

때로는 직접 행동으로 옮겨 당신이 더 분명히 보게끔 도와주죠.

더불어 당신 자신을 더 많이 알도록 인도합니다.

내적 자각을 신뢰하는 영적인 안내자 재규어

마야와 아스텍, 잉카인들에게 숭배의 대상이었던 재규어는 풍요와 희생을 상징하는 무서운 신이었다. 재규어는 변신에 능하며 별자리 여행의 안내자이기도 한데, 각 세계를 쉽게 여행하며 산 자와 죽은 자 사이에 대화의 물길을 터준다. 그리고 영적인 안내자로서 재규어는 직관을 정제하고 집중하도록 자극한다.

밤이 되면 재규어는 깊은 어둠 속으로 우리를 인도한다. 재규어는 다른 존재의 생각을 들을 수 있으며, 우리 또한 같은 능력을 갖도록 도와준다. 또한, 내적 지각을 신뢰하며, 그것이 진정한 것임을 이해하게 한다. 재규어는 말수는 적지만 분별력이 있어서 혼란 속에서도 일정한 패턴과 통로를 찾아낸다. 우리 또한 자기 자신과 본인이 가진 통찰의 힘을 신뢰하라고 조언한다.

대담한 재규어는 우리가 꿈이나 그림자 세계, 혹은 낯선 영토와 같은 어둠 속에서 앞을 보게 한다. 그리고 강도 높은 집중력으로 정신적인 지각능력을 활성화하고 힘을 발휘하여, 우리가 공포를 누르고 자신감을 얻게 한다.

재규어는 단호한 결단력으로 먹잇감을 뒤쫓는 강건하고 민첩한 야심가이다. 사냥감을 찾아서 끈질기게 배회하고 조심스럽게 접근하면서 덤벼들 순간만을 노린다. 한편, 고양잇과에 속하는 동물로는 특이하게도 헤엄치는 것을 좋아하므로, 우리가 정서의 물살을 잘 헤치도록 도와준다. 재규어는 남들에게 영향을 받기보다는 내면의 목소리에 따르라고 설득한다. 그리고 문제의 본질을 파악하고 집중하여 영적인 도전에 준비하고, 용감하게 맞서라고 주장한다. 즉, 재규어는 우리에게 잃어버린 힘을 되찾아 주는 동물이다.

"느낌에 근거하여
온몸의 중심을 느껴라"

우리의 비전은 정확해서 현실의 어둠뿐만 아니라 영혼의 어둠 속에서도 앞을 볼 수 있습니다.

우리는 영혼의 세계를 걷는 존재로, 깊이 있는 처방을 제시합니다.

우리는 가장 먼저 당신의 친구이자 가이드가 되고자 합니다.

그리고 당신을 주의 깊게 주시하면서 배울 자세가 된 순간을 식별할 것입니다.

우리는 이미 상당히 훈련되었거나, 그림자처럼 우리와 함께하기를 원하는 사람과 일하기를 선호합니다.

우리의 가르침은 언어 혹은 정신에 관련된 것이 아니라 느낌에 근거합니다.

중심에서 이동하는 법과 세포 하나하나에 중심이 존재함을 가르치지요.

영적인 영역에서 당신의 몸은 예민하게 모든 감각을 살려 그 중심을 느낄 수 있습니다.

당신이 우리에게 다가온다면, 더 가까이 볼 수 있습니다.

어서 준비하세요.

기꺼이 당신을 초대할 테니까요.

에너지를 변주하며 다른 세계와 시대를 연결하는 라마

라마는 통찰력과 직관이 뛰어나며, 자연 치유와 균형을 담당한다. 라마 곁에 있으면 기분이 좋아지는 이유는 라마가 높은 에너지 주파수를 유지하고 공유하기 때문이다. 라마는 우리가 일상 속에서 영적인 차원에 대하여 관심을 두도록 격려한다. 그리고 실용적인 방법을 확장시키며 인간 존재에 민감해지도록 한다. 라마의 에너지는 우리를 자유롭게 만든다.

라마는 살그머니 일하므로 종종 우리의 눈에 띄지 않을 때도 있다. 이런 방식으로 불협화음을 일으키는 에너지 패턴에 균형을 잡고 재조정한다. 또한, 우리의 정신적 성장을 돕는 한편 더욱 고차적인 에너지와 동화하여 그 에너지를 활용하도록 인도한다.

라마는 사교적이고 온화하며 배려심이 깊다. 각 구성원이 지닌 개성을 존중하면서도 집단 의식으로 연결되어 직관적인 지각을 나누며 가까이 지낸다. 라마는 자아와 집단 간의 균형을 가르치고, 텔레파시를 통해 서로 원활하게 소통한다.

라마는 콧노래를 흥얼거리며 소통하는데, 콧노래의 톤에는 라마가 가진 처방이 많이 드러난다. 라마는 별들의 에너지를 지상으로 연결하는 문지기이므로, 우리가 중심을 잡은 채 점차 다른 차원으로 확장해 나가도록 돕는다.

라마는 무거운 짐으로 스트레스를 받을 때 여유를 갖고 천천히 생각하게 하며, 우리를 정서적인 안정으로 이끈다. 라마와 함께한다면 우리는 모든 행동에서 균형을 찾을 수 있다. 끝으로, 호기심 많고 독립적인 라마는 우리에게 시공간을 초월한 가벼운 여행을 떠나게 하며, 직관에 대한 신뢰를 바탕으로 미래까지 예측하라고 말한다.

"콧노래를 흥얼거리며
내면을 인식하라"

우리는 에너지와 기(氣), 그리고 빛을 조절합니다.

이를 위해 우리는 높은 산 속에 살지요.

우리는 세상에 대하여 에너지를 조율하는데, 당신 또한 그러기를 바랍니다.

우리는 콧노래가 세상살이를 도와준다는 것을 잘 압니다.

개인적인 에너지가 들려주는 음조인 콧노래는 당신에게 활력을 불어넣으며, 고유성을 부여합니다.

각각의 음조는 개별적이지만, 결국 하나로 합쳐집니다.

이때 우리는 세계에서 들려오는 수많은 콧노래와 주파수를 조율하여 하모니를 이루지요.

만약 휴식과 치유를 원한다면 콧노래를 부르세요.

콧노래는 대답이 아니라 시작일 따름이며, 당신 내면에 있는 많은 것들을 인식하게 합니다.

당신은 움직이지 않고도 여행할 수 있습니다.

당신에게 경의를 표하며, 우리의 콧노래를 들려 드립니다.

고요의 신비를 통해 미래를 분별하는 사마귀

신성을 상징하는 오랜 스승인 사마귀는 적응과 위장의 대가이다. '사마귀'는 그리스어로 예언자 혹은 천리안이라는 뜻이며, 곤충으로서는 특이하게도 고개를 돌려 사방을 볼 수 있다. 사마귀에게 직관이란 예견, 타이밍, 그리고 정확성을 말한다.

2천 종이나 되는 사마귀는 자기 색깔을 주변 환경과 일치시킨다. 이끼와 같은 밝은 초록색, 고사리와 같은 주황색, 자갈과 같은 푸른색, 꽃의 수술과 같은 분홍색으로 변하며, 심지어는 죽은 나뭇잎의 색깔과 결을 보이는 사마귀도 있다. 사마귀는 사냥하려는 순간, 배경색과 하나가 되어 조용히 상황을 지켜보면서 예민하게 감각을 곤두세운다. 그러다가 순식간에 상대의 머리를 깨물어 일격에 끝장을 낸다.

사마귀는 의식을 확장하기 위해 고요함을 도약의 발판으로 삼는다. 평온한 심신의 상태를 이룬다면, 우리는 내면적인 지각을 각성하고 몰입하며 지낼 수 있다. 이때, 미세한 에너지의 통로가 드러나서 더욱 깊은 차원을 감지하고 해결책을 찾으며 미래를 분별하게 된다.

사마귀를 통해 강인하고 활동적인 전사의 에너지도 느낄 수 있는데, 위급한 순간 사마귀는 신속하게 단순명료한 행동을 취한다. 또한, 정신 집중의 대가인 사마귀와 함께 있으면 우리는 활력이 넘치는 한편, 몸과 마음의 균형을 취하게 된다.

아프리카 부시먼이 전하는 민담에 의하면, 사마귀는 곤경에 처하더라도 꿈에서 해결책을 얻는다. 요약하면, 사마귀는 우리가 고요의 신비를 통해 힘을 발견하고, 지금 꾸는 꿈이 무엇인지 감지하게 한다.

"세계에 대한 새로운 해석으로
깨달음에 이르라"

우리는 세계에 있는 많은 것들을 의식합니다.

또한, 다른 질서와 비밀에 은밀하게 관여하며, 현실을 지각하고 상호작용하는 법을 잘 알지요.

따라서 세계에 대한 우리의 해석이 낯설어 보일 수도 있습니다.

당신에게 세계 간에 존재하는 출입구와 시간으로 드나드는 문을 보여 주려고 합니다.

우리에게 배운 대가들이 바로 이 '마법'을 터득했지요.

당신이 우리의 동작을 따르고 현실 속으로 들어온다면, 아마도 대단한 깨달음에 이를 거예요.

우리는 당신에 비하여 한없이 작지만, 이 세계에서는 거대한 존재입니다.

엄청난 거구로도, 미미한 존재로도 변할 수 있지요.

이것이 또 다른 우리의 가르침입니다.

모든 사람을 다루지는 못하더라도, 빠르게 생각하고 명민하게 행동하도록 당신을 도울게요.

당신이 우리의 말에 귀 기울여준 것에 감사를 전합니다.

내면의 자아와 교감하는 고독한 존재 코뿔소

튼튼하고 안정적이며 회복의 힘을 지닌 코뿔소는 지구 상에서 6천 년을 살아오면서 인내하는 법을 터득했다. 고대로부터 전해오는 지혜는 물론, 묻혀 있는 지식과 과거의 기억을 발굴한다. 코뿔소는 혼자서도 편히 지내는 고독한 존재로, 우리가 고독에서 내면의 깊은 자아와 교감하도록 도와준다. 코뿔소의 가르침은 한마디로 '너 자신을 알라'는 것이다.

코뿔소는 시력이 나쁜 대신 청각과 후각이 뛰어나서 확 트인 초원을 방랑하면서 대기를 호흡한다. 그들은 냄새를 맡으면서 기억을 이끌어낸다. 그리고 시원한 진흙탕에서 뒹굴면서 땅의 에너지를 통해 심신을 치유하고 생기를 되찾는다. 이처럼 우리 또한 감각적인 경험을 맛보고 본능을 활용한다면, 자신을 더 잘 이해할 수 있다.

코뿔소는 우리에게 지나치게 방어적인 태도를 보이지 말고, 마음을 열고 기분을 전환하라고 조언한다. 또한, 사려가 깊고 현명한 코뿔소는 직관을 믿고 내면의 목소리가 전하는 지혜로운 조언을 수용하라고 말한다. 코뿔소와 함께한다면 우리는 내면의 고독과 균형감각을 발견하고, 열린 마음이 주는 중심과 안정감을 느끼게 될 것이다.

코뿔소는 땅을 파거나 먹이를 찾을 때, 위협하거나 방어할 때, 그리고 미래의 배우자에게 강한 인상을 주기 위해서 뿔을 사용한다. 인간들이 오랫동안 갈망해왔던 지위와 처방, 혹은 주술의 상징으로 여겨졌던 코뿔소의 뿔은 분별력, 특히 망상을 간파하는 능력을 상징한다. 그런데 반어적으로 코뿔소는 힘과 권력이 바깥에 있는 것이 아니라 바로 우리 내면에 있음을 알려 준다. 즉, 자신의 내면에서 진정한 권력을 찾으라는 것이다.

Rhino Says

"평온하게 내면 깊숙이 파고들어
마음의 목소리를 들으라"

아주 먼 옛날, 우리는 지혜로운 존재로 존경을 받았으며, 사람들은 우리에게 자문하곤 했습니다.

우리는 평생 땅과 함께 지내오면서 많은 것들을 배웠습니다.

그리고 지구의 중심뿐만 아니라 나무와 물과 같은 생물과도 관련이 있음을 느낍니다.

따라서 지구의 표면과 심층이 어떻게 연결되어 있는지 잘 이해하죠.

사람들이 우리에게 종종 조언을 요청하는 이유가 바로 이것입니다.

우리는 행복한 삶을 즐기는 피조물이자 방랑자입니다.

그런데 매우 안타까운 점은 많은 사람이 우리의 뿔을 잘라가길 원할 뿐,

정작 우리의 지혜를 보지 못하는 것입니다.

우리의 메시지는 '평온하게 내면 깊숙이 파고들어 마음의 목소리를 들으라'는 것입니다.

당신 영혼의 깊은 영역을 거닐면서 그곳에서 우리를 만나세요.

사람과 코뿔소가 평화롭게 서로의 지혜를 구했던 그 시절을 함께 회상하고 싶습니다.

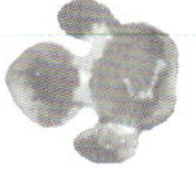

9장

기쁨

J o y

활기차고 생생한 기쁨은 피와 살로 이루어진 생명체만이 갖는 진정한 재미
와 전율을 느끼게 한다. 생의 기쁨과 환희로 가슴이 벅차오를 때, 우리는 즐
거운 비명을 내지르지 않을 수 없다. 훌륭한 샴페인에서 거품이 일어나듯 우
리는 축복의 춤을 춘다. 이처럼 기쁨은 멋진 미소처럼 달콤하고, 기쁨이 담
긴 춤은 신비한 새의 노래처럼 아름답다.

우리는 때때로 기쁨을 낮게 평가하기도 한다. 하지만 기쁨이야말로 우리가
어떤 존재인지 잘 보여 준다. 어린아이와 동물은 쉽게 즐거움을 느끼며, 단
순한 것을 좋아한다. 우리는 함께 놀고 웃으며, 환희에 들떠 뒹굴면서 기쁨
을 공유한다. 또한, 세계를 경이감과 즐거움에 가득 찬 눈으로 바라보며 마
법 같은 인생의 면모에 감동하기도 한다.

기쁨은 놀라움이자 지혜이다. 재빨리 솟아나기도 하고, 천천히 스며 나오

기도 한다. 떠들썩하고 유쾌한 모습으로 우리 안에 나타나거나, 조용히 머뭇
거릴지도 모른다. 우리는 갑작스러운 통찰이나 이해를 통해 기쁨의 전율을
맛보며, 지적 능력 또한 이러한 행복과 더불어 전달될 수도 있다.

한편, 아름다움의 순간과 황홀경을 느낄 때도 기쁨이 나타난다. 최초 혹은
마지막 숨결에 따라오기도 하며, 앞으로 나타날 가능성을 환영할 때 혹은 인
생의 발자취를 긍정할 때 드러나기도 한다. 기쁨은 다른 이에게 전염되며,
마법의 가마솥처럼 뜨겁게 끓어오르는 속성이 있다. 우리는 기쁨을 자랑하
면서 승리감과 평화로운 행복을 느낀다.

기쁨은 강요할 수도, 단단히 붙잡아 둘 수도 없다. 우리가 잡으려고 하면
달아나거나, 붙잡고 놓아주지 않으려고 하면 사라질 수도 있다. 기쁨은 예기
치 않게 불쑥 찾아와 넘치도록 우리를 채우지만, 아무것도 바라지 않는다.
그러나 아침 이슬처럼 재빨리 떠나기도 한다. 기쁨은 우리 안에서 햇살처럼
반짝이고 나뭇잎처럼 나풀거린다.

신비하고도 자발적인 기쁨은 우리 가슴 속에서 고요히 미소 지으며 항상
우리를 기다린다.

• *Dolphin* 돌고래

지적이고 창의적이며 영민한 돌고래는 재미를 추구하는 동물이다.

우리가 진정한 자아를 더 잘 인식하도록 하며,

의식을 확장하고 기쁨을 심화시키는 방법을 알려 준다.

• *Goat* 염소

사리분별이 명확하며 안정적이고 민첩한 염소는

우리가 호기심으로 내면과 외부 세계 모두를 탐구하며,

중심을 발견하고 기쁨을 따르도록 인도한다.

• *Goldfish* 금붕어

금붕어는 행운과 기쁨의 상징이다.

내면의 깊고 부드러운 조화와 평화, 행복을 느끼게 한다.

벌새는 비록 작지만, 마법과 경이로움을 만나도록 가르치는 큰 스승이다.
벌새가 가슴으로 날아들 때, 우리는 살아있다는 기쁨에 전율할 것이다.

• *Otter* 수달

수달은 태생적으로 호기심이 많고 다정하다.
충만한 기쁨과 놀이를 가르치는 능숙한 스승이기에,
긴장을 풀고 즐기는 법을 배우며, 다가오는 기쁨을 수용하게 된다.

깊은 호흡으로 넘치는 기쁨을 창조하는 돌고래

장난스럽고 다정하며 지적 능력이 뛰어난 돌고래는 인류애를 가르치는 스승이다. 천성적으로 호기심이 많고 창조적이며, 적응력 또한 탁월하다. 그들은 게임을 고안하고 물속에서 경주하거나 파도를 타며, 환희에 차서 공중으로 솟구쳐 오른다.

돌고래는 바다 포유류이기 때문에 수면 가까이에서 깨어 있는 상태로 숨을 쉬어야 한다. 그래서 돌고래의 뇌는 절반씩 돌아가면서 잠을 자며, 완전히 잠드는 적이 없다. 돌고래는 숨 쉬는 매 순간을 더 잘 인식하라고 말한다. 돌고래는 깊이 숨을 내쉬며 향기를 내뿜는데, 이는 억눌린 감정을 방출하고 진실을 주장하며 즐기는 삶으로 인도하는 것이다.

돌고래는 큰 무리를 이루며 사는데, 휘파람이나 찰칵하는 소리와 몸놀림 등으로 교신한다. 돌고래 무리마다 고유한 언어가 있으며, 제각기 다른 어조를 갖는다. 돌고래는 의사소통하는 창조적인 기쁨을 보여 주며, 꿈을 실현하면서 고유함을 표현하도록 격려한다.

먼 옛날, 돌고래는 항해사의 후견인이자 물의 신이 보내는 메신저였고, 난파된 사람들의 구조자였다. 깊은 바다에 대하여 속속들이 알고 있기에, 우리를 마음속 바다와 연결시킨다. 반면 돌고래의 어두운 측면도 엿볼 수 있는데, 심술을 부리고 상대를 괴롭히며 죽이기도 한다. 이 또한 돌고래가 전하는 처방의 일부이다. 그들은 우리 앞에 거울을 대고 사람다움이 무엇인지 성찰하게 한다.

돌고래는 깊이 느끼고 깊이 숨 쉬라고 조언한다. 그리고 즐기고 꿈을 꾸며 살되, 버릴 것은 과감히 버리라고 말한다. 돌고래는 자연스럽게 흘러넘치는 기쁨을 느낄 때, 미소 짓는다.

"진심으로 자기 자신을
깊게 사랑하라"

우리와 인류는 깊고도 방대한 인연을 갖고 있습니다.

우리는 당신을 웃게 하며,

세계와 자아가 만드는 수많은 대양을 지나 존재의 내면에 있는 고속도로를 타고 여행합니다.

이를 통해 기쁨이 주는 치유의 힘을 드러내지요.

우리는 당신의 몸과 내면에 자리한 깊은 지혜를 연결하려 합니다.

그래서 다른 세계와 의식 상태로 접속하지요.

우리는 차원을 횡단하는 만남과 창조적인 협동을 꾀하는

친절한 안내자입니다.

우리가 전하려는 메시지 중 하나는

'진심으로 자기 자신을 깊게 사랑하라'는 것입니다.

우리가 주는 기쁨과

매력적인 미소에 빠져

우리를 사랑하듯이 말이죠.

우리는 자신을 가장 사랑하는

당신의 모습을 비춰 주고,

기쁨에 넘쳐 자유롭게 헤엄치도록 돕기 원합니다.

반짝이는 호기심으로 기쁨의 길을 안내하는 염소

독립적이고 민첩하며 호기심 많은 염소는 등산을 좋아하는 믿음직한 모험의 추구자이다. 영리하고 억센 성격의 산악 염소는 높고 험준한 산등성이를 따라 여행하면서 갈라진 돌 틈새를 껑충거리며 달려간다. 따라서 우리가 장애물에 걸려서 넘어지고 비틀거릴 때, 전진할 힘을 실어 준다. 그리고 고도의 집중력을 가진 염소는 주변을 살펴보면서 여러 가지 선택을 고려하라고 당부한다.

염소는 우리에게 기초를 단단히 닦으라고 말하는데, 성공은 강력한 중심과 안정적인 토대가 필요하기 때문이다. 균형과 유연성의 제공자이기도 한 염소는 내면에 있는 미개척 영토뿐만 아니라 새로운 전망과 가능성을 탐구하도록 자극한다. 또한, 자신감으로 행동하고 모험을 즐기며, 기쁨이 주는 흥분을 느끼라고 말한다.

염소는 탐구를 즐기므로 악력이 강한 입술과 예민한 혀로 주변 세계를 느끼고 맛본다. 항아리와 깡통에 담긴 보물을 찾아내며, 울타리의 허술한 부분을 찾아 자유롭게 드나든다. 현명한 염소는 우리에게 호기심에 따라 모든 것을 시도해 보라고 말한다. 진정으로 세상을 이해하기 위한 방법이기 때문이다. 염소는 사교적이고 관대할 뿐만 아니라 다재다능하며 융통성도 많다. 가장 오래된 가축의 하나로 사람에게 젖, 치즈, 고기, 털, 가죽을 제공한다. 또한, 사람의 그릇되고 부도덕한 죄를 대속하는 고대의 희생 제물로도 이용되었다.

마지막으로, 심성이 착한 염소는 죄책감과 더불어 우리를 힘들게 하는 감정을 방출하라고 말한다. 염소의 심오한 가르침을 통해 우리는 내면을 들여다보고, 자신의 사고와 행동에 책임을 지게 된다. 염소에게 자신의 발견은 곧 기쁨으로 내닫는 길이다.

"자기 내면을 들여다보면
기쁨이 보인다"

기쁨을 누리고 싶다면 자기 내면을 들여다보세요.

우리가 모든 것을 고려하는 이유는 인생의 실마리가 우리 주변 곳곳에 있기 때문이죠.

우리는 사람들에게 자기 내면을 들여다볼 필요가 있음을 강조합니다.

명료성이 주는 가장 으뜸가는 교훈이 바로 이것이며,

내면을 분명히 보면 외부 세계도 분명하게 볼 수 있습니다.

내면과 외면 모두에 적용되는 진리지만, 우선 자기 내면을 먼저 들여다보세요.

우리는 세계를 방랑하면서 탐구하고, 발견한 것을 사람들에게 전하면서 기뻐합니다.

우리는 경이감에 전율하며, 존재를 응시하고 조용히 바라보기를 좋아합니다.

모든 세계는 내면에 놓여 있기 때문이죠.

자기 내면을 들여다볼 수 있다면, 그 안에서 기쁨을 발견하게 될 거예요.

또한, 그런 기쁨을 남들과 나눌 수 있습니다.

우리 염소는 평화로운 기쁨의 수호자입니다.

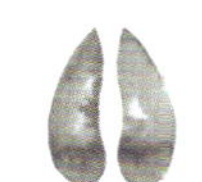

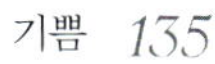
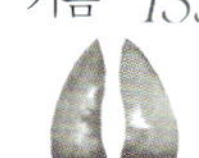

존재의 본질에서 기쁨을 느끼는 금붕어

금붕어는 반짝이는 밝은 색깔과 유연한 움직임, 길고 투명한 꼬리로 우리를 매혹한다. 강인하고 우호적이며 아름다운 금붕어는 만족, 평화, 행운, 번영을 상징한다. 그리고 우리에게 기쁨을 가르쳐 주는 낙천적인 스승이다.

잉엇과 물고기인 금붕어는 1천 년 전 중국에서 길들였으며, 수중 정원과 장식용 연못에서 주로 키웠다. 금붕어는 집 안에 흐르는 기(氣)의 균형을 잡아주고, 좋은 풍수를 제공한다. 한편, 금붕어는 뛰어난 적응 능력으로 다양한 환경에서 번성한다. 쉽게 몸을 변형시키며, 더 밝은 색깔과 특이한 형태, 환상적인 꼬리에 대한 우리의 욕망에 순응한다. 우리는 블랙 무어, 버블 아이, 부채 꼬리, 라이언헤드, 혜성, 나비 꼬리와 같은 명칭을 금붕어에게 붙였는데, 그 이름에 걸맞은 아름다움은 경탄을 금치 못한다.

금붕어는 예리한 시각적 영민함과 지각이 있어서 색깔과 형태, 사람까지도 구분할 수 있다. 그들은 사람의 습관을 알며, 어항에 비치는 움직임에 반응한다. 그리고 손가락 끝에서 떨어지는 먹이를 따라 움직인다. 금붕어는 단순함이 주는 기쁨에서 신뢰감을 키운다.

사교적이고 매력적인 금붕어를 보면 휴식과 마음의 평정에 도움이 된다. 유연한 움직임과 섬세한 아름다움으로 우리를 매혹하면서, 변화된 지각과 다른 영역으로 인도하는 동시에 상상력을 자극한다.

금붕어를 통해 우리는 상상의 세계에서 마음껏 유영하며, 내면의 평화 속에서 편안함을 느낀다. 금붕어의 기쁨이 우리에게 전해지는 순간이다.

"행복을 나누면서
내면의 기쁨을 누려라"

우리는 춤을 추며 기쁨을 표현합니다.

우리가 바로 기쁨 그 자체이므로 존재의 본질에서 기쁨을 느낍니다.

우리는 행복을 함께 나누고 다른 이들에게 행복을 일깨우며,

우리가 가는 모든 곳이 행복으로 빛나길 바랍니다.

우리 자신이 매력적인 좋은 친구이자 편안한 영혼으로 나타나는 기쁨의 조각들이니까요

우리는 당신이 바라고 원하는 것이 무엇이든 수용할 수 있습니다.

우리는 아이들과 놀거나 당신 곁에 아이들이 있는 것을 좋아합니다.

우리는 상당히 세련된 존재가 될 수도 있고,

그저 평범한 금붕어가 되어서 자신과 우리를 사랑하는 법을 알려드릴 수 있어요

우리는 당신 가슴 속에서 즐겁게 헤엄치고 있습니다.

당신을 미소 짓게 하는 이것이야말로 우리가 내면의 기쁨을 느끼는 방법이지요

넘치는 이 기쁨을 당신과 꼭 나누고 싶습니다.

매순간 한 모금의 기쁨을 즐기는 벌새

세상에서 가장 작은 새인 벌새는 어떤 새보다도 날갯짓이 빠르며, 앞과 옆, 거꾸로는 물론 누워서도 날 수 있는 유일한 새이다. 벌새는 보통 하루에 1천 개의 꽃을 방문하지만, 냄새를 맡지는 못한다. 놀랍고도 빛나는 기쁨을 표현하는 벌새는 강력한 처방의 소유자이다.

벌새의 정교한 깃털은 무지개색으로 빛나면서 눈부신 인생을 떠오르게 한다. 벌새는 섬세한 외모와는 달리 침입자가 나타나면 날개를 퍼덕거리며 긴 부리로 격렬하게 공격한다. 그들은 두려움 없는 방어적 자세로 덩치 큰 새들을 몰아내기 때문에, 한때는 용감한 전사로 칭송받았다. 또한, 벌새 중 일부는 먹지도 않고 바다를 가로질러 수백 마일을 날아가는데, 이것은 한때 불가능한 것으로 여겨진 위업이다. 이러한 벌새의 고집스러운 모습은 역경과 고난을 극복한 후에 맛보는 기쁨을 가르쳐 준다.

벌새는 고 에너지의 과즙을 찾아서 이 꽃에서 저 꽃으로 날아다니면서 시간을 보낸다. 그리고 날씨가 추워지거나 잠을 잘 때, 벌새는 활동을 멈추고 가사 상태에 이른다. 부활과 재생의 상징인 벌새는 우리 내면의 불꽃을 환하게 밝히며, 마음 문을 열게 한다.

벌새는 호기심이 많고 기회를 재빨리 포착하는데, 긴 부리를 활짝 핀 꽃에 꽂고 혀로 과즙을 핥아 먹으면서 교차 가루받이를 한다. 또한, 머리가 좋고 계산적이라 자신이 찾아간 꽃을 기억하며, 시간이 흐르면 과즙이 다시 찬다는 것도 안다.

벌새는 우리에게 현재를 즐기고 적응하며 탐구하라고 말한다. 그리고 인생의 경이와 달콤함을 즐기도록 도와준다. 벌새와 함께한다면 선(善)을 발견할 수 있으며, 감정을 타인과 나누며 내면의 아름다움을 깨우고, 풍요로운 기쁨을 전파하게 될 것이다.

"인생의 기쁨을
재빨리 잡아 즐겨라"

우리는 작지만 기운차며, 쏜살같이 날면서도 분명하게 볼 수 있어요

우리의 처방 또한 재빠르고 민첩하며,

한 줄기 아름다움과 한 모금의 기쁨, 그리고 섬광 같은 경이로움을 제공합니다.

우리는 다채로운 마법사로, 시간의 안팎을 이동하면서 당신 마음속을 드나듭니다.

우리를 포착하기 어려운 이유는 아주 미세한 에너지와 더불어 분주하게 돌아다니기 때문이지요

우리가 보내는 치유의 목소리를 가끔 들을 수는 있으나,

당신 곁에 있음을 알아차리기란 쉽지 않을 거예요

때때로 우리는 눈에 띄지 않게, 영적인 베일에 싸인 채 일하곤 합니다.

우리가 당신의 가슴 속에서 윙윙거리는 이유는 생의 기쁨을 빨리 즐기기를 바라기 때문이에요

활력과 영감을 주면서 당신을 즐겁게 만드는 것이 우리의 역할이죠

당신과 함께 일할 때, 우리는 당신의 가슴으로 들어갑니다.

그리고 그곳에서 기쁨으로 노래를 부릅니다.

흥미를 자극하고 탐구하는 감각의 소유자 수달

수달은 노는 것을 좋아하며, 열정적인 탐구심 덕분에 호기심이 이끄는 대로 어디든지 간다. 모든 곳에서 재미를 찾아내는 수달의 모습을 보면 내면에 있는 동심이 살아나며, 즐기면서 살고 싶다는 생각을 하게 된다.

수달은 세계의 여러 지역에 있는 강과 호수, 시내, 그리고 바다에서 산다. 길고 윤기나는 매끄러운 몸, 강한 정력, 튼튼하고 물갈퀴가 있는 발은 수달이 수중환경에 잘 적응했다는 것을 의미한다. 한편, 친화력이 뛰어나서 무리지어 사는데, 우리도 손님을 반기고 함께 나누며 즐겁게 살라고 말한다.

수달은 깔깔깔, 갸르릉, 구구구, 꺅꺅, 재잘재잘, 으르릉과 같은 소리를 내면서 창의적이고 자유로운 방식으로 의사소통한다. 우리에게는 편안하고 열린 마음으로 감정을 표현하라고 조언한다.

어떤 모양으로 헤엄을 치든 간에 수달은 물의 치유 에너지에 온몸을 담그고 감각을 통해 그것을 받아들인다. 따라서 우리로 하여금 공포와 질투심을 버리고 수용과 사랑으로 감각을 온화하게 만들도록 재촉한다. 또한, 활기차고 유쾌한 익살로 물살의 흐름에 몸을 맡기는 수달은, 감정의 기복에 유연하고 우아하게 대처하는 법을 가르쳐 준다.

수달은 열린 마음과 몸으로 접근할 때 우리의 삶이 얼마나 멋지고 매혹적인지 깨닫게 한다. 문제 해결력도 탁월해서 우리의 감각을 깨워 좌절에서 벗어나도록 돕는다. 수달을 안내자로 삼는다면 우리는 영혼을 새롭게 하고 경이감에 몸을 맡길 수 있다. 더불어 인생과 자신을 즐기고 탐구하며 살아가는 진정한 재미를 느낄 것이다.

"인생을
있는 그대로 수용하라"

우리가 말하는 기쁨은 열린 마음으로 인생을 환영하는 것이에요.

우리는 싸우는 것을 개의치 않으며, 무엇을 바꾸려는 생각을 귀찮게 여기지 않습니다.

당신의 인생을 받아들이면, 현재를 즐길 뿐 아니라 기쁨을 느낄 수 있어요.

우리는 인생에 대한 태도를 가르치고자 합니다.

현재를 있는 그대로 수용하는 태도는 가벼운 마음과 호기심이 있어야 가능하죠.

우리는 일찍부터 새끼들에게 '탐구하고 발견하며 살펴봐. 재밌지 않니?'라고 가르칩니다.

우리는 가족을 비롯하여 우리 주변에 있는 모든 존재와 즐겁게 지냅니다.

이런 식의 환영은 기쁨의 또 다른 측면이라는 것을 기억하세요.

기쁨은 언제나 우리와 함께합니다.

우리 주변에 널려 있는 기쁨과 함께할 수 있는지는 당신의 태도에 달려 있어요.

우리와 함께해요. 당신에게 기쁨을 선물할게요.

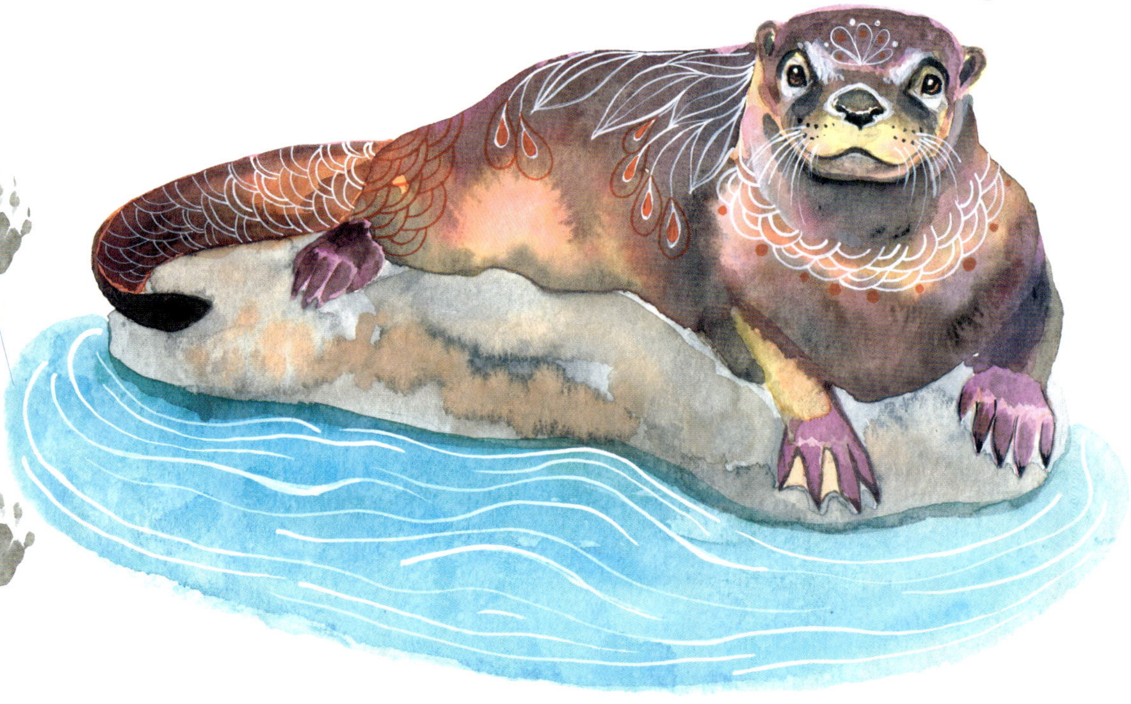

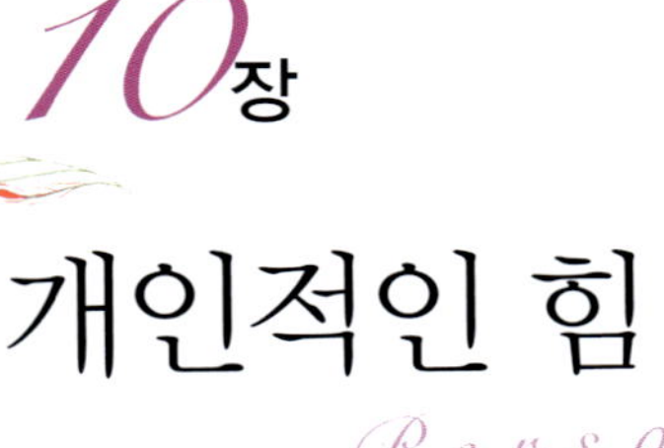

10장
개인적인 힘
Personal Power

진정한 힘은 무한대의 영감과 기운으로 자유롭게 흐른다.

이러한 힘이 진정한 자아와 조화를 이룰 때, 우리는 내면으로부터 안전함과 자신감, 만족감과 같은 좋은 감정이 나옴을 느끼게 된다. 즉, 행복의 원천은 바깥이 아닌 우리 내면에 있음을 깨달아야 한다. 우리의 생각과 행동에 관한 책임이 자신에게 있음을 안다면, 어떤 상황에서도 자신이 갈 길을 볼 수 있다. 개인적인 힘은 자신을 얼마나 사랑하며, 잘 알고 있는가에 달려 있다.

우리가 가진 힘의 중심에 단단하게 설 때, 설령 남들이 우리를 반대하더라도 평온한 마음을 유지할 수 있다. 강요하거나 비교하고, 축소하거나 판단하려는 욕구들이 사라진다. 타인을 조종하려는 욕망에서 벗어날 때, 갈등 없이 자기 입장을 주장할 수 있다.

건강한 힘은 균형에서 나온다. 타인을 괴롭히거나 고민할 필요가 없다. 대화와 차이에 대하여 열린 마음이 있다면, 관계와 경험 속에서 진정한 부를 발견할 것이다.

힘을 가지면 오히려 통제하려는 욕망에서 벗어나게 되고, 자신이 강하다는 것을 느끼게 된다. 진정한 힘은 탄력성과 용기, 성실함을 동반한다. 그리고 자신을 존중하고 신뢰하는 가운데 안전함을 느끼게 된다. 자신에게 편안해질 때 비로소 지배에서 벗어나며, 사회적 지위나 부에 얽매이지 않을 수 있다. 우리 자신이 누구인지, 얼마나 가치가 있는지 판단하기 위해 더는 외부 세계에 의존할 필요가 없다.

힘을 표현하면서 우리는 자신만의 탁월성, 고유성, 진정성을 느끼게 된다. 무엇을 통해 전달하든지 간에, 개인적인 힘은 우리가 얼마나 놀랍고 고귀한 존재인지 기억하게 한다. 그리고 힘을 발견하면 마음이 편안해진다.

경험을 통해 얻은 힘은 종종 부드럽게 표현되며, 협동을 통해 우리를 가르친다. 그리고 사랑에 관한 아름다운 곡조를 들려주어, 마음을 열고 환대하게 한다. 게다가 타인에게 감춰져 있는 힘을 강화하고 일깨우기 위한 질문법을 배우게 된다. 우리의 힘이 빛을 발할 때, 그것을 증명하거나 확신하려고 애쓰지 않아도 된다. 그 힘을 권장하고 동기화하는 것으로 충분하다.

우리는 고요하게 관찰하는 가운데 종종 우리의 힘이 가진 깊이를 느낀다. 또한, 그 힘이 우주와 함께 고동치고, 더불어 우리의 심장도 뛴다는 것을 감지한다. 그리고 균형 잡힌 힘은 조건 없는 사랑에서 비롯된다.

Grasshopper 메뚜기

메뚜기는 직관적이며 신비롭다.
자신의 지각을 신뢰하고 내면의 힘을 활용하여
놀랄 만큼 편안하게 도약하도록 우리를 인도한다.

Horse 말

말은 바람처럼 달리며 모험심으로 가득 찬 존재이다.
자유와 기동력, 그리고 영적인 통찰을 통해
우리가 가진 광대한 힘을 탐구하도록 유도한다.

Lion 사자

용기와 자신감이 넘치는 사자는 영혼을 강화시키며,
진정한 자아를 표현하라고 격려한다.
또한, 우리 누구에게나 존재하는 개인적인 힘을 존중하라고 가르친다.

선량한 포큐파인은 평화롭게 자신의 힘이 가는 길을 따르라고 권하면서,
타인에게도 그들의 길을 따르라고 말한다.

• *Shark* 상어

감각이 뛰어난 상어는 혁신을 지향하며,
영리한 생존자이자 감춰진 비밀의 수호자이다.
상어는 우리 내면의 깊은 자존감으로 인도하는 동시에,
공포에서 벗어나 우리의 힘을 강화하도록 도와준다.

시공을 가로질러 도약하는 메뚜기

예로부터 장수, 행복, 행운, 건강, 풍요의 상징인 메뚜기는 자신의 본능과 능력을 신뢰하여 미래를 향해 도약하도록 우리를 돕는다. 메뚜기는 어떤 문화에서는 불멸의 상징 혹은 좋은 소식을 전하는 메신저이지만, 다른 문화에서는 메뚜기의 몸에 망자의 영혼이 들어있다고 여긴다. 그리고 메뚜기가 모습을 드러내면 영감이나 변화, 성공의 순간이 임박한 것으로 본다.

메뚜기는 긴 다리와 예민한 더듬이를 통해 냄새를 맡고 세계를 감지하면서, 우리 또한 미묘한 에너지를 느끼고 예리한 직관을 발휘하도록 한다. 따라서 메뚜기와 만날 때, 우리는 지각을 조율하고 주변을 더 잘 인식하게 된다. 메뚜기는 튼튼한 뒷다리를 힘차게 밀면서 몸통의 20배에 달하는 거리를 뛰어넘는다. 이로써 큰 목표를 두고 빠르게 생각하고 전진해 나갈 만한 힘을 부여한다. 더불어 육감을 신뢰하여 좋은 기회를 포착하라고 조언한다.

숲 속이나 풀밭, 사막과 산악지대에서 사는 메뚜기들은 늘 땅과 교감하므로 우리가 이 땅에서 안정적인 삶을 살도록 돕는다. 또한, 영적 세계의 전문 여행자인 한편, 메뚜기는 창조적인 도약과 탄력성을 발휘한 탐험을 통해 시공간을 초월하는 것이 가능하다고 설명한다.

뛰어난 투시력을 가진 메뚜기는 다면적 눈을 통해 큰 그림을 본다. 즉, 인식을 확장하고 단편적인 조각들을 연결함으로써 더욱 큰 전체와 통일성을 파악하는 것이다. 또 메뚜기는 날개나 다리를 서로 비비면서 의사소통한다. 고대 문화에서는 사람이 메뚜기의 윙윙거리는 소리를 흉내 내면서 의식을 전환했는데, 이것이 메뚜기의 강력한 처방이다. 메뚜기와 함께한다면, 노래하고 경청하고 도약해야 할 시기를 파악하여 개인적인 힘에 접근할 수 있다.

"자기 자신에게서
추진력을 느껴라"

우리의 힘은 추진력에서 비롯합니다.

자기 자신에게서 그런 힘을 느끼지 못한다면 앞으로 나아가지 못하지요.

개인적인 힘에 관해 우리가 말하려는 핵심이 바로 이것입니다.

우리는 더듬이는 물론 텅 빈 '내장'을 통해서도 느낍니다.

그리고 다리 근처에 있는 공간을 통해 순환하는 감각을 느끼지요.

또한, 내면뿐만 아니라 주변을 동시에 감지합니다.

주변에 있는 모든 것을 포괄하고 확장하는 힘을 가진, 보이지 않는 구체(球體)를 상상해보세요.

우리의 감각은 기민하고 정확해서 정확한 배치를 느낄 때, 곧바로 도약합니다.

우리가 당신에게 전하려는 메시지는 내면 깊숙이 자신을 느끼는 동시에

세계 속에서 자신의 위치를 느껴보라는 것입니다.

그리고 당신의 위치와 적절한 배치가 결국 같은 것임을 깨달으세요.

이를 깨닫는 순간, 당신은 충만한 힘으로 도약할 것입니다.

영적인 통찰을 확장하며 모험을 즐기는 말

아름다움과 우아함은 물론, 속도와 체력까지 가진 말은 우리 내면에 야성적인 영혼이 있음을 알려 준다. 말은 신의 동반자이자 자유와 힘의 상징으로 신화와 전설에서 신비한 힘을 가진 존재로 등장하는데, 신비한 뿔과 강력한 날개, 많은 다리를 가진 동물로 묘사된다.

바람과 내면의 여정을 연상시키는 말은 오래된 지혜의 풀밭으로 우리를 인도하여 영적인 길을 본능으로 이해하며 심화하라고 재촉한다. 말은 우리에게 영적인 길을 걸으려면 별의 흐름을 따라 여행하고, 낯선 영역에서도 집중력과 안정감을 유지하라고 조언한다. 즉, 모험정신을 통해 우리의 힘이 얼마나 크고 깊은지 발견하도록 돕는다.

말은 강력한 의지의 개체로서 독립성을 유지하면서도 남들과 사이좋게 지내는 법을 알고 있다. 게다가 직관적이면서도 공감능력이 뛰어난 탁월한 파트너이다. 말과 팀을 이루면 균형감과 인내력은 물론이고 기술을 향상하고 장애물을 극복하는 법을 배울 수 있다. 말과 하나가 되는 순간 더 큰 모험의 세계로 떠날 수 있으며, 사랑, 명예, 충성심, 우정을 얻게 된다. 그리고 순식간에 영적인 각성에 도달할 수 있다.

말은 통제하기 어려운 거칠고 원초적인 힘을 활성화하는데, 이런 힘을 개인적인 이득을 위해 사용하면 값비싼 대가를 톡톡히 치른다. 하지만 그런 힘을 아예 배제한다면 전진하기가 어렵다. 따라서 힘을 건설적으로 사용하는 방법을 배워서, 타인과 더불어 역량을 강화하는 방향으로 발전해야 한다.

모험심이 강한 말은 열정에 따라 자신을 발견하고 충분히 표현하라고 말한다. 말과 함께한다면 무한한 힘을 사랑으로 길들이는 법을 배울 것이다.

"마음을 열고 모든 생명체와
균형을 이루며 살라"

강함과 예민함은

우리의 개인적인 힘이 가진 특성입니다.

이러한 힘이 전체의 힘과 결코 분리될 수 없다는 것도 잘 압니다.

어머니가 자녀를 대하듯이, 혹은 사람과의 관계에서 그러하듯이

우리는 짝과 조화를 이루는 동물로서 이 세상에서 어떤 위치에 있는지 잘 알고 있습니다.

당신은 우리가 충직한 파트너이자 친구로서 얼마나 성실한 동료인지 아실 거예요.

우리는 열린 마음으로 당신과 나란히 달리며 지혜와 힘과 사랑을 공유하고자 합니다.

우리는 달릴 때 자유와 환희의 전율을 느끼는데요, 당신도 꼭 한번 경험해보기 바랍니다.

당신에게 드리는 가르침은, '마음을 열고 모든 생명체들과 균형을 이루며 살라'는 것입니다.

이것이 바로 우리가 개인적인 힘에 대하여 말하려는 가장 큰 핵심입니다.

자신감과 확신을 통해 진정한 자아를 드러내는 사자

사자는 민첩함과 영적인 지혜로 인해 오랫동안 존경을 받아왔다. 사자에게서 고귀함, 진리, 지도력을 연상하며, 거침없는 솔직함과 용기를 떠올리기도 한다. 사자의 강한 존재감은 우리의 진정한 자아가 세계에 모습을 드러내는 순간의 눈부신 광채를 상상하게 한다.

사자는 정글이 아닌 아프리카 초원과 사바나에서 산다. 가족을 사랑하고 서로 도우며 함께 일하는 사자의 모습을 묘사하는데 적절한 표현이 바로 '무리 짓기'이다. 수사자는 자기 무리의 영토를 지키며, 암사자는 먹잇감을 사냥하고 새끼를 돌본다. 독립적이며 강한 개성을 지닌 사자이지만, 협동으로 성공을 이끌어낸다.

사자는 내면에 있는 남성적인 에너지와 여성적인 에너지를 모두 존중하라고 말한다. 강하지만 보살핌에 능하고, 장난스럽지만 격렬한 사자의 양면적인 모습은 정지와 행동, 휴식과 작업 사이에 탁월한 균형 감각이 있음을 증명한다. 사자는 강한 정신력으로 어떤 상황이 닥치더라도 품위 있게 행동하라고 가르친다. 그리고 자신감과 자기 확신을 통해 자신과 타인이 가진 고결한 권위를 존중하며, 개인적인 힘을 신중하게 사용하는 법을 알려 준다. 사자는 평상시에는 평온하게 지내며 오직 필요할 때에만 싸우고, 적절한 순간에 행동을 취한다. 이는 주의 깊고 현명한 관찰로 사소한 일에 에너지를 낭비하지 말라는 뜻이다.

대담하고 두려움 없는 포효로 사자는 명예, 위엄, 자부심, 자존심이라는 위용을 선언한다. 우리 또한 대범하게 정신적인 목적을 추구하며 살기 바라는데, 이는 곧 자주적인 존재로 사는 방법이기도 하다. 사자와 동행한다면, 우리가 가진 힘을 깨닫고 진정한 자아를 드러내어 보다 지혜롭고 조화로운 삶이 가능해질 것이다.

"용감하게
자신의 참모습과 대면하라"

당신은 우리를 왕이라고 부릅니다.

아마도 우리 안에 있는 고귀한 영혼을 보았기 때문일 거예요.

그러나 당신은 정작 자신의 내면을 보는 것은 두려워합니다.

우리는 태양 아래서 먹고, 잠자고, 사냥하고, 사랑하면서 사자답게 삽니다.

하지만 우리에게는 내면적인 삶 또한 존재하죠.

우리가 가진 힘 덕분에 침착하고 편안하며, 그런 힘을 안팎으로 구현합니다.

개인적인 힘은 희미한 심장 박동을 위한 것이 아닙니다.

당신의 심장에 생기를 부여하고,

당신의 몸에 생명과 영감을 주는 가장 강력한 펌프질을 가하는 것입니다.

사자의 심장을 갖는다는 것은 용감하고 대담한 존재가 됨을 의미하며,

자신의 참모습과 대면한다는 뜻입니다.

당신의 내면세계를 깊이 있고 세심하게 탐구하기 바랍니다.

당신과 함께 걸어가면서 용기를 북돋워 주고, 자신에 관해 더 많은 것을 발견하도록 도와줄게요.

우리에게 다가올 용기가 있나요? 우리의 가슴을 당신을 향해 열어둘게요.

평온함으로 자신의 길을 걷게 만드는 포큐파인

포큐파인은 3만 개 이상의 뻣뻣한 깃털이 온몸을 덮고 있다. 그러나 외모와 달리 선량하고 상냥한 성격으로, 겁이 나거나 위협을 받을 때에만 방어한다. 따라서 개인적인 힘을 적절히 사용하고 자신을 보호하는 법을 우리에게 알려 준다. 포큐파인은 소박하고 고독한 삶을 사는데, 밤에 먹이를 구하고 탐색하면서 자신의 길을 만든다. 그리고 평화로운 길을 따르며, 남들 역시 그러하기를 바란다.

새끼 포큐파인은 뒷다리로 균형을 잡고 몸을 이리저리 흔드는데, 자연스러운 리듬을 발견하고 자신을 안전하게 보호하면 인생을 즐길 수 있음을 보여 준다. 또한, 열정에 따라 고유하고 창조적인 방식으로 자신의 재능을 표현하라고 가르친다. 쉽게 즐거워하며 호기심이 많은 포큐파인은 경이로움에 마음을 열고 어린아이처럼 순수하게 반응하며, 신뢰와 신념을 가지도록 우리를 일깨운다.

포큐파인은 탁월한 청각과 후각 덕분에 상대를 예리하게 식별한다. 그리고 천적이 거의 없어서 대체로 자신감이 강하고 겁이 없다. 그들의 가시 깃털은 쉽게 떨어지나, 피부 깊숙이 박히면 고통으로 꼼짝 못하게 된다. 이를 통해, 외부의 공격으로부터 우리 자신을 어떻게 방어할 것인지 배울 수 있다. 이 점을 간파한 옛 선조들은 포큐파인의 가시를 부적이나 호신용으로 사용하면서, 자신을 보호하고 부정적인 에너지를 퇴치했다.

포큐파인은 평온한 마음으로 개인적인 힘의 중심을 잡으며 살라고 조언하는데, 필요하다면 우리에게 직접 자극을 주기도 한다. 포큐파인의 처방은 이처럼 침착하고도 강력하다.

Porcupine Says

"자신의 내면을
안전하게 지키라"

우리는 삶을 편안히 받아들이고 즐깁니다.

새끼들을 사랑하며, 주변에 있는 것들을 살피라고 가르치지요.

개인적인 힘에 관한 우리의 조언은 '당신의 내면을 안전하게 지키라'는 것입니다.

우리는 남들을 위협하지도 않고, 자신을 자랑하지도 않습니다.

하지만 공격을 받으면 꼬리로 상대를 때리고 공격하지요.

이것이 우리의 주된 방어 전략이며, 힘을 사용하는데 절대 주저하지 않습니다.

우리가 가진 가시 깃털은 우리의 존재를 되돌아보게 합니다.

당신의 내면에 존재하는 평화의 길을 신뢰하세요.

만약 남들이 당신을 궁지로 몰아붙인다면, 그냥 당하지 마세요.

때로는 방어하고 있다는 것을 보일 필요가 있습니다.

우리는 음식, 온기, 새끼들, 그리고 삶의 자연스러운 진화 과정과 같은 일에만 관심을 두지요.

당신에게 이런 우리의 삶이 지루하게 보일지도 모릅니다.

하지만 우리에게 세상은 경이와 환희로 가득한 곳이며, 우리는 늘 행복합니다.

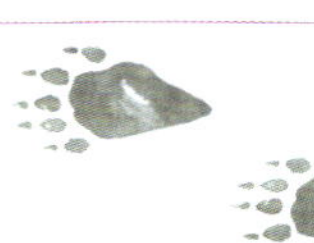
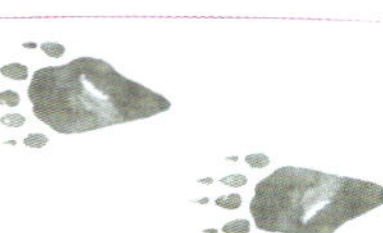

공포에서 벗어나 내면적 힘을 표현하게 하는 상어

생존의 달인 상어는 강한 적응력으로 수백만 년 동안 바다를 지배해왔다. 400종이 넘는 상어가 다양한 변이 형태로 진화해왔으며, 온도가 매우 낮고 깊은 바다에서도 잘 번성한다. 상어는 호기심이 많고 지적이며, 혁신과 직관의 동물이다. 우리가 개인적인 힘을 보유하면서 살아가도록 남다른 권위를 부여한다.

상어는 부레가 없어서 계속 헤엄치지 않으면 바다 밑으로 가라앉으므로 항상 경계를 늦추지 않으며 주의 깊게 관찰한다. 또한, 예리한 원초적 본능 덕분에 능숙하게 먹잇감을 포획하는데, 초연함과 침착함, 자제력을 고루 갖춘 상어는 신비함 그 자체이다.

우리는 '상어'라는 단어를 경멸의 의미를 담아 사용하기도 하지만, 반대로 대단히 재능이 있고 분별력이 뛰어난 전문가를 일컬을 때 사용하기도 한다. 실제로 상어는 대단히 예리한 감각을 지녀 에너지 그리드와 전기적인 음향을 포착할 수 있고, 멀리서도 먹잇감의 냄새를 맡을 수 있다. 한편, 상어는 오래된 지식과 비밀의 수호자로서, 우리가 본능을 연마해서 더 큰 힘을 가지도록 한다. 상어는 탁월한 영민함을 타고났기에 우리가 능숙하게 정서의 바다를 헤엄치면서도, 내면적 동요에 휩쓸리지 않고 잘 헤쳐 나가도록 도와준다. 따라서 상어와 동행할 때 우리는 마음의 평정과 감정의 지혜를 얻는다.

상어는 우리에게 공포를 주는 정체를 파악하기 위해서 공포와 맞서라고 설득한다. 사실 우리가 두려워하는 것은 실체가 있기보다는 대체로 관념과 믿음에서 비롯되기 때문이다. 상어는 터무니없는 공포에서 벗어나 자신감을 키우고, 내면적인 힘을 평온하면서도 완전하게 표현하도록 가르친다.

"자신이 누구인지,
무엇을 원하는지 파악하라"

우리는 우리가 누구이며 무엇을 원하는지 잘 압니다.

그것이야말로 개인적인 힘의 본질이지요.

사람과 함께 일할 때, 우리는 불필요한 것을 제거합니다.

왜냐하면 사람은 정신이 복잡하고 감정이 불확실한 존재이기 때문이에요.

우리는 더 능률적인 지혜를 가르치지요.

우리와 함께라면 당신은 인생을 부드럽게 수용하고 선명하게 느끼며, 분명한 걸음으로 나아갈 수 있어요.

우리는 물과 집을 사랑하며 뒤처리를 깨끗이 하죠.

사람들은 종종 낭비하고 무책임할 뿐만 아니라, 엉망진창으로 삽니다.

지구에 진 빚에 대하여 변명하려 들 때면 더욱 그러하죠.

우리는 대단히 지혜로운 존재임에도 당신은 우리를 두려운 짐승으로 생각합니다.

그런 생각에서 빨리 벗어나지 않는다면 우리의 친구가 될 수 없어요.

우리의 가르침은 깨끗하려는 욕망이 있고, 내면의 것을 간파하려는 사람을 위한 것입니다.

당신이 자신을 알고 자신이 원하는 것이 무엇인지 알도록 도와줄게요.

인생을 출발하기에 가장 좋은 지점은 바로 여기입니다.

11장

변신
Transformation

탄생과 죽음, 창조와 파괴, 시작과 끝처럼 변신은 형태, 특징, 본성, 혹은 위상에서의 변화를 의미한다.

변신은 이전과 이후, 옛것과 새것을 연결하며, 이것이 저것으로 바뀌는 것이다. 이는 외부적이고 물리적인 변화일 수도 있고, 혹은 세계를 지각하거나 우리 자신을 경험하는 방식의 변화일지도 모른다. 변신을 통해서 우리는 새로운 모습이나 몸, 다른 존재방식이나 세계관이라고 주장했던 삶의 방식과 작별한다.

변신은 순식간에 일어나 모든 것을 눈 깜짝할 사이에 바꿀 수도 있다. 이와는 반대로, 서서히 진행되어서 그런 변화가 일어나고 있는지조차 깨닫지 못할 수도 있다.

변신은 은밀하며 마술과도 같다. 애벌레가 번데기로 탈바꿈하는 것을 보면 표면적으로는 모든 것이 고요하지만, 안에서는 생명이 꿈틀거리고 있다. 그러다가 어느 날 갑자기 나비가 탄생한다. 이처럼 변신은 생명력과 신비함을 동시에 지니고 있다.

　고요한 변신의 중심에서 바라볼 때, 우리는 명확하지 않은 경계의 존재이다. 과거와 미래 중 어느 시점에도 속해 있지 않다. 바로 그런 공간에서 우리의 창조적 잠재력은 무한하게 팽창한다.

　어떤 변신은 힘겹고 두렵게 느껴진다. 변화를 원하지 않을 수도 있고, 혹은 그 과정이 두려워 익숙한 것에 의존하기도 한다. 알고 있던 모든 것들이 다 사라지고 홀로 남겨진 것처럼 보인다. 하지만 변신은 기쁨이기도 하다. 탄생과 느닷없는 영감, 계몽의 빛, 새로운 세계관 등은 환희를 동반한다. 변신은 우리의 마음을 활성화하고 고무시키며, 영혼을 한껏 드높인다.

　변신을 경험하면서 일하다 보면, 의식과 관점이 확장되어 기존의 낡은 패러다임으로는 만족할 수 없게 된다. 외부 세계는 변하지 않더라도 우리의 지각은 극적으로 달라져, 마치 다른 세계를 접하는 듯 행동한다.

　폭넓은 변신은 곧 진화를 뜻하는데, 종의 변화가 이어지고 행성은 끊임없이 얼굴을 바꾸며, 의식의 도약과 갑작스러운 이해가 일어난다. 이러한 변신은 무한한 가능성과 풍부한 잠재력을 가진다.

Alligator 악어

고대로부터 전하는 지혜의 수호자이자 원초적 에너지의 보호자인 악어는
자아와 영혼에 관한 숨겨진 지식에 접근하도록 도와준다.

Bat 박쥐

박쥐는 어둠 속에서 보는 법을 가르쳐 주며,
변화가 불러오는 공포에서 벗어나게 한다.
더불어 새로운 아이디어와 존재 방식을 일깨운다.

Beetle 딱정벌레

딱정벌레는 다양함과 큰 풍요로움으로 우리를 놀라게 한다.
우주의 중심과 불멸성을 떠올려,
더 큰 세계관과 인생의 부활에 마음을 열게 한다.

Butterfly 나비

나비는 자연의 리듬을 신뢰하고 창조적인 변화의 과정을 환영하라고 가르친다.
나비를 만날 때 우리도 때가 되면 날개를 펴고 날아오르게 될 것이다.

Snake 뱀

뱀은 잠들었던 에너지를 일깨우고
감춰진 지식을 공개한다.
그리고 우리의 영적인 변신과 변화를 통한
치유를 촉진한다.

변화무쌍한 지혜의 소유자 악어

선사 시대부터 포식자였던 악어는 영리하고 빈틈없으며 침착하다. 또한, 이 지구 상에 존재하는 가장 큰 파충류이자 공룡 시대의 마지막 연결고리이다. 악어는 원초적 에너지와 고대의 지혜를 수호하기 위해 예리한 기술과 본능을 활용한다. 악어의 처방은 변화무쌍하며, 탄생과 죽음, 창조와 파괴에 민감하여 내면의 공포를 들여다보며 깊은 자기 성찰을 가능케 한다. 하지만 악어는 감춰진 지식과 신성한 자아의 비밀을 되찾을 준비가 된 사람만을 위해서 일한다.

악어의 눈과 콧구멍은 머리 쪽으로 높게 있어서, 물속에서도 바깥을 관찰할 수 있다. 물속이나 밤에도 앞을 잘 보는 악어를 통해 남몰래 상대를 파악하는 기술을 익힐 수 있다.

한편, 악어는 진흙이나 물속에 몸을 감춘 채 적절한 때가 오기를 끈기 있게 기다린다. 그러다가 눈 깜짝할 사이에 공격하며, 먹잇감을 통째로 삼키거나 물속에 잠긴 나뭇가지 사이에 숨겨둔다. 절대 헛되이 움직이지 않는 악어는 경험을 완전히 자신의 것으로 만들라고 가르친다. 악어는 자신을 보호하고 방어하지만, 삶의 부정적인 정서에 몸을 맡긴다. 두려움 없고 정확한 성격의 악어는 우리에게 완벽한 주의력과 집중력을 기르고, 사물을 있는 그대로 바라보라고 조언한다.

악어는 땅이나 물 어디에서나 편안하게 지내며 효율적으로 움직인다. 이로써 감정의 흐름을 따르면서도 중심을 잃지 않게 하며, 남의 기만을 알아채도록 돕는다. 특히, 극적인 사건이나 속임수에 휘말렸을 때 더욱 효과적이다.

악어는 부활과 더불어 새로운 기회를 창조하는 힘을 우리에게 알려 준다. 더불어 우리가 가진 깊은 지식을 활용하여 독창성과 지혜, 인생의 자원을 맛보도록 인도한다.

"내면 깊숙한 곳에 자리한
힘을 들여다보라"

가장 먼저, 악어가죽으로 허리띠와 구두 만드는 일을 그만두라고 말하고 싶어요

우리를 입고 두르면서 무슨 생각을 하나요?

당신은 우리가 지닌 힘에 감탄하면서도, 진심 어린 만남보다는 이런 피상적인 만남을 원합니다.

이런 행동은 그야말로 우리와의 관계를 단절하는 일입니다.

진정으로 우리와 일하고 싶다면 먼저 우리를 깊이 이해하기 바랍니다.

우리의 힘은 천골(薦骨) 신경 가운데에 자리하고 있습니다.

그곳은 생존의 자리이자, 원초적인 지식의 자리입니다.

먼 옛날, 우리는 사람들을 깊은 내면에 자리한 힘으로 인도하고, 고대의 기억을 일깨워 주었어요

또한, 수호자이자 안내자로서 사람들과 함께 일했습니다.

우리는 당신과 겨루고 싶지 않으며, 장신구가 되는 것도 원치 않습니다.

만약 우리의 지혜를 진지하게 생각한다면, 우리는 당신 곁에 있을 거예요

오로지 자신에게만 몰두하여 내면을 깊이 들여다보세요

우리는 내면으로부터 당신을 지켜보고 있는 악어입니다.

공포를 새로운 아이디어와 비전으로 변화시키는 박쥐

어두운 동굴이나 어두컴컴한 횃대에 앉아 있다가, 황혼 무렵 몸을 바깥으로 내밀고 기지개를 켜는 박쥐는 날 수 있는 유일한 포유류이다. 행운, 축복, 불멸의 영혼을 연상시키는 동시에 어둠, 지하세계, 죽음과도 연관이 깊어 우리를 혼란스럽게 한다. 부활의 상징인 박쥐는 하나의 삶에서 날아올라 또 다른 삶으로 이행함을 시사한다.

박쥐는 수줍음이 많아서 혼자 사는 종이 있는 반면, 지하에서 거대한 무리를 이뤄서 사는 사교적인 종도 있다. 그곳에는 어미와 새끼 박쥐를 위한 특별한 육아시설도 갖춰져 있으며, 단단한 유대감으로 서로 교감하고 부드럽게 상호작용하며 새끼를 양육한다.

박쥐는 사람과 자연에 엄청난 혜택을 가져다줌에도 전반적으로 저평가된다. 매일 밤 수천 톤의 벌레들이 박쥐에게 잡아먹히며, 어떤 박쥐는 과즙과 과일을 먹으므로 여러 꽃을 이동하면서 가루받이를 한다. 또 다른 박쥐는 물고기와 개구리를 잡아먹거나, 동물의 피를 빨아먹는다. 이처럼 1천 종이 넘는 박쥐는 제각기 고유한 다양성을 지닌다.

박쥐 대부분은 고주파수의 소리를 방출하며 음향 탐지술을 통해 어둠에서도 정확하게 사냥하지만, 시각에 의존하는 종도 있다. 우리에게는 지각을 연마하여 주변을 느끼며, 감춰진 메시지를 간파하라고 말한다. 또한, 밤의 피조물인 박쥐는 지난 환상을 통해 가장 내밀한 공포에서 벗어나며, 불필요한 것은 버리도록 도와준다. 이로써 우리는 새로운 아이디어와 비전을 가질 수 있고, 존재의 다른 방식을 보게 된다.

박쥐의 처방은 강력하고도 오래가는 한편, 더 높은 잠재력을 발휘하도록 자극한다. 우리에게 가르침을 실천하고 모험의 여정에 기꺼이 동참하라고 말한다.

"변화는
반드시 일어난다"

우리에게 어둠은 공포의 장소가 아니라 힘의 원천입니다.

또한, 어둠은 내면의 힘을 성장시키며, 우리를 더 깊은 내면으로 인도합니다.

고요하게 명상할 수 있는 내면의 동굴로 당신을 안내할게요.

우리는 대단히 창조적이며 혁신을 즐기기 때문에, 변신의 다양한 방법을 가르쳐줄 수 있어요.

게다가 적응법과 해결책을 모색하는 데도 능합니다.

우리는 보통 완전히 변화할 준비가 된 사람들과 일합니다.

우리의 극적 변신은 집중적인 연구를 의미하며,

내면의 어둠을 깊이 성찰하고 들여다보려는 욕망이므로 고도의 집중이 필요합니다.

당신에게 전할 가르침은 '변화는 반드시 일어난다'는 것입니다.

변화를 위한 자연스러운 출발점과 기회를 이용하는 것은 오로지 당신에게 달려 있습니다.

어떤 변화는 쉽게 다가올 수 있으나, 당신을 추락시킬 만한 변화도 있음을 기억하세요.

우리는 심오한 변신으로 당신을 돕는 박쥐입니다.

변신과 재생의 귀재 딱정벌레

지구에서 3억 년을 살아온 딱정벌레는 무려 35만 종에 이르며, 지구 생명체의 4분의 1을 차지한다. 딱정벌레는 다양한 곳에서 살지만, 특히 열대우림 지역에 가장 많이 서식한다. 빛을 발하거나 능숙하게 위장하면서 우리에게 변화와 적응, 인내, 경이로움을 가르친다.

갑충류(coleoptera)는 딱정벌레의 분류명으로, '덮개에 둘러싸인 날개'를 뜻한다. 진짜 날개를 감싸 주는 가볍고 단단한 한 쌍의 앞날개가 있기 때문이다. 딱정벌레에 속하는 곤충들은 신비로운데, 반딧불은 밤에 빛을 발하며 수생 딱정벌레는 공기 거품 안으로 잠수한다. 또한, 아이들이 좋아하는 무당벌레는 행운과 행복의 상징으로, 진딧물을 잡아먹는다. 딱정벌레가 삼림을 황폐화하고 목화와 감자밭을 엉망으로 만들기도 하나, 꽃의 가루받이를 해주고 땅의 지질을 개선하며, 생태계의 균형을 잡는다.

여느 벌레처럼 딱정벌레 역시 탈바꿈을 통해 변신하므로, 극적인 변화에 적응하는 시범이 된다. 또한, 새로운 것이 탄생하기 위해서는 낡은 것과 작별해야 한다고 말한다. 이처럼 딱정벌레는 변신과 재생의 귀재이다. 예를 들어, 고대 이집트에서 스카라베 딱정벌레는 신성한 존재였고 부활을 상징했다. 따라서 호신용 부적으로 이용되거나 미라와 함께 놓아두었다. 그리고 연금술사는 스카라베를 우주의 핵심으로 인도하는 존재로 간주했다.

불멸로 인도하는 수호신인 딱정벌레는 과거와 미래의 삶에 대한 지식을 갖고 있다. 우리를 더 폭넓은 세계관으로 안내하여 변화의 과정을 믿게 하며, 삶과 죽음, 그리고 그 너머의 상태로 편안히 이행하도록 도와준다. 요약하면, 딱정벌레는 변화와 조화, 의식적인 변형을 이루도록 우리를 이끄는 존재이다.

"변신의 창조적 본성을
사랑하라"

우리는 다양한 형태와 모습을 즐기며, 지금도 계속 진화하고 적응하며 변신 중입니다.

당신이 생각하는 것보다 훨씬 더 많은 종이 있는데요, 이 또한 우리 존재의 신비이지요.

우리는 변화의 패턴을 가르치며, 특히 극적인 방식으로 이행하는 법을 알려줄 수 있습니다.

또한, 새로운 형태로 진화하는 것에 대한 지식도 나눠줄 수 있어요.

우리의 정신세계에 대해 폭넓게 말한다면, 혁신적이고 호기심이 많으며 미학적입니다.

우리 중 일부는 집착이 지나쳐서 거의 변하지 않는 종도 있으나,

대체로 꾸준히 변화하면서 새로운 모습에 적응해 나갑니다.

우리는 과학적이면서 창조적인 사람들과 함께 일하는 것을 즐깁니다.

우리를 배려하는 사람은 드물지만, 우리가 많은 것을 가르칠 수 있음을 아는 사람은 존재하죠.

우리는 다양성이 주는 기쁨을 만끽하고, 변신의 창조적인 본성을 사랑하는 딱정벌레입니다.

우아함과 즐거움을 동반한 변화의 상징 나비

환희와 변신의 다채로운 상징인 나비는 변화 과정을 신뢰하는 것이 중요하다고 말한다. 신비스런 번데기를 지나 화려한 모습을 드러내는 나비를 보면 각성과 부활이 연상되며, 고무적이고 창조적인 변화의 가능성을 인식할 수 있다.

나비는 섬세한 아름다움과 경이로 세계에 생기를 불어넣는다. 더듬이에 있는 촉수로 냄새를 맡고 다리로 맛을 보며, 긴 주둥이로 과즙을 빨아들인다. 그리고 꽃에서 희미하게 나오는 자외선과 진동을 감지한다. 한편, 꽃잎처럼 가벼운 몸으로 수천 마일을 날아서 이동하는 나비를 보면, 맑은 정신으로 전체적인 그림을 감지하고 주변과 조율할 수 있게 된다.

예민한 감각과 참을성으로 타이밍을 맞추며 환경과 조화를 이루는 나비는 삶의 흐름에 따라 춤을 춘다. 나비는 애벌레에게 먹이를 공급할 수 있는 식물 위에 알을 낳는데, 이는 우리가 새로운 아이디어를 계속 키워야 함을 암시한다. 나비의 유충 또한 여러 번 허물을 벗으면서 변화의 과정을 통해 새롭게 성장한다는 사실을 알려 준다. 하지만 깊은 변화의 징조는 즉각적이지 않기 때문에, 우리는 인내와 기다림의 지혜를 익혀야 한다.

나비는 이행 단계를 식별하게 하여 감수성을 강화하고 다음 단계에 적응하도록 돕는다. 나비는 서두르지도 멈추지도 않는다. 오히려 우리의 본능을 믿고 따르도록 조언하며, 휴식과 비상의 시기를 구별하여 놓치지 말라고 말한다.

나비는 인생에서 이행은 자연스러운 과정이며 두려운 것이 아님을 일깨운다. 변화는 우아함과 즐거움을 동반하면서 부드럽게 일어날 수 있다. 나비는 우리의 자존심과 자신감을 북돋워 주는 한편, 인생을 사랑하며 변화의 리듬을 신뢰하게 한다.

Butterfly Says

"아름다움은
변화와 더불어 온다"

우리는 빛과 온기의 창조물이며 존재의 충만함을 즐깁니다.

변신에 관하여 전달할 메시지는 '긴장을 풀라'는 것입니다.

심호흡하면서 여유를 가지되, 변화는 전적으로 당신에게 달렸음을 인정하세요

우리가 유쾌하게 살아가는 이유는 나비가 되기 전에 수많은 변신을 경험했기 때문입니다.

나비의 가볍고 아름다운 외모는 깊은 변화의 결과입니다.

아름다움 대부분이 변화와 더불어 온다는 사실을 일깨우는 것이 우리의 임무입니다.

내면적인 변화가 일어나는 동안 우리는 하나의 모습으로 죽습니다.

하지만 철저한 믿음으로 우리는 다시 태어나죠

우리의 가르침이 얼마나 심오한지 제대로 이해하나요?

우리는 항상 당신 주변에서 춤추며 당신의 가슴을 향해 날갯짓합니다.

두려울 때는 사랑으로 세상을 빛내는 나비가 곁에 있음을 기억하세요

우주적인 의식으로 잠든 에너지를 일깨우는 뱀

창조, 지혜, 재탄생, 변신의 이미지가 연상되는 뱀은 전체성과 불멸성의 상징이다. 경외와 숭배의 대상이기도 하며, 종종 인간을 유혹한다. 성생활을 찬양하는 곳에서 뱀은 존경받으나, 이를 꺼리는 곳에서는 경멸받는다. 미끄러지듯이 움직이는 뱀의 모습은 관능적 에너지의 흐름을 나타내며 우리를 활기차게 한다.

약 3천 종에 달하는 뱀은 저마다 모양과 색깔, 크기가 다르지만, 하나같이 유연하고 민첩하며 우아하게 움직인다. 혀로 냄새를 맡고 숨겨진 귀를 통해 저주파 소리까지 포착하여 지하세계의 신비와 비밀을 감지한다. 뱀은 다재다능하며 진동을 잘 조율하므로, 깊숙이 숨겨진 힘과 우리를 연결하고 세포 하나하나까지 세심하게 치유한다.

뱀은 주기적으로 허물을 벗으면서 우리에게도 변신을 통해 낡은 허물을 벗도록 자극한다. 더불어 낡은 신념과 망상, 한계에서 벗어나 극적인 변화를 이루게 한다. 허물을 벗기 전, 뱀은 먹는 것을 중단하고 몸을 숨긴다. 이때, 외피는 둔감해지고 그 아래 새롭게 형성된 피부로부터 허물을 벗듯 떨어져 나가며, 투명한 눈 비늘은 불투명해진다. 이처럼 뱀은 꿈과 같은 여행을 거쳐 새로운 존재로 태어난다. 탄생과 죽음 모두를 아우르는 뱀은 경험으로 터득한 지혜를 통해 변신하는 동물이다.

뱀은 대체로 평온하게 살지만, 똬리 아래에는 엄청난 힘이 숨어 있어서 공격을 받으면 정확하게 일격을 가한다. 이로써 우리의 직관을 연마하고 영적인 이해를 높여 준다.

끝으로, 뱀은 원초적인 생명 에너지와 창조력을 일깨워 새롭게 성장하는 길을 열고 영적인 변신을 주도한다. 뱀은 충만한 인생을 아우르는 존재이다.

"변화와 깨달음의
정확한 순간을 기다려라"

우리가 신비를 품고 있어서 사람들은 우리를 무서워하죠.

그것을 개의치 않는 이유는 우리는 다양한 견문을 지녔고, 무엇보다 현명하기 때문이지요.

우리는 사람들과 일할 때 개별적으로 만납니다.

그리고 깊은 심화를 유도하면서, 서서히 변화하도록 인도합니다.

하지만 가장 심오한 작업은 신속하고 갑작스럽게 진행하지요.

그야말로 눈 깜짝할 사이에 변화가 일어납니다.

어떤 지점에서 당신은 수호자의 모습을 한 우리를 만나게 될 거예요.

그때 우리는 당신 내면의 가장 은밀한 비밀을 보호하는 동시에 보살피는 역할을 합니다.

우리의 지혜는 정확한 깨달음의 순간을 기다릴 때 가장 빛이 납니다.

사람들의 마음이 열리는 순간을 감지한 후에 다음 행동에 착수하지요.

그리고 내면의 보물을 찾거나 공포에서 벗어날 수 있도록 도와줍니다.

자, 당신의 기반 위에 우뚝 서서 우리에게 마음을 열고 가르침을 수용하기 바랍니다.

12장

지혜

W i s d o m

지혜는 온화하고 자상하며, 부드럽게 말하면서 조용히 때를 기다린다.

지혜를 측정하거나 가르치기란 어려우며, 규정하기도 쉽지 않다. 그저 물처럼 유연하게 흐르고 스며드는 것이 지혜이다. 우리는 지혜를 항상 느낄 수는 없으나, 느끼는 순간 그것이 지혜임을 깨달을 수 있다. 지혜는 우리 내면에서 메아리치며, 지혜롭게 살 때 비로소 인생의 본질을 알게 된다.

지혜를 돈으로 살 수는 없지만, 공짜로 주어질 때도 있다. 지혜는 양식(良識)과 축적된 지식, 그리고 경험에서 비롯된다. 이는 단순한 정보나 시사적인 사건에 정통한 수준을 훨씬 넘어서는 것이다. 지혜는 작지만 큰 뜻이 담긴 일들과 비범한 삶으로 우리를 날마다 인도한다.

지혜를 추구할 때, 우리는 오래된 지식과 신성한 가르침, 광대하고 영원한 관점에 접근할 수 있다. 본능을 열고 감정을 신뢰할 때, 모두가 신비한 인생의 구성원으로 서로 연결되어 있다는 생각을 하며 우리 내면의 방대함을 느낀다. 즉, 만족하며 영적으로 연결된 상태에서 자신에게 지혜가 자랄 수 있는 무한한 공간과 기회가 있음을 발견하는 것이다.

우리가 마음을 연다면 모순과 역설, 수수께끼를 아우를 수 있으며, 진실에 영향을 주는 규칙, 강령, 방법, 계획 등은 불필요해진다. 오히려 경험이라는 위대한 스승을 통해 배우고, 실패를 통해서도 지혜를 얻을 수 있다. 지혜롭다는 것은 좌절하지 않는 것이며, 이 평범한 길이 지혜에 이른다는 것을 우리는 알고 있다.

우리는 관찰이나 성찰을 통해 지혜를 얻기도 한다. 느낌을 의식하고 통찰을 기꺼이 받아들이며 선배들이 만들어 둔 현명한 길을 따라갈 때, 우리는 내면적인 각성에 신속하게 도달할 수 있다. 어떤 지혜는 역경과 슬픔, 비애의 눈물과 함께 찾아온다. 그러나 고난의 경험이 주는 교훈은 인생을 변화시킬지도 모른다. 그리고 성숙해짐에 따라 균형감과 평정을 터득할 것이다.

지혜는 설명이 없다. 지혜가 있을 때 우리는 식별하고 통찰하며 적절하게 행동한다. 또한, 인생에서 완전함과 더불어 편안함을 느낀다. 더없이 평온하고 깊은 지식을 제공하는 지혜는 사랑과 더불어 우리의 마음 한가운데서 숨쉬고 있다.

Moose 무스

오래된 지식의 전문가인 무스는 허튼소리를 일절 하지 않으며,

자신감과 상식을 지닌 동물이다.

자신에게 진실한 태도로 내면의 지혜를 소중하게 여기라고 가르친다.

Owl 올빼미

올빼미는 통찰력 있는 어둠의 안내자이자 재능 있는 밤의 사냥꾼이다.

명확하게 감지하여 신속 정확하게 행동하도록 가르치며,

내면의 지혜로 이르는 길을 보여 준다.

Spider 거미

거미는 운명과 같은 현실을 만드는 책임이 자신에게 있음을 알려 준다.

의사소통과 관계, 예술적인 디자인에 대한 능력을 키워 주며,

오래된 창조의 지혜를 밝힌다.

평온하고 인내심이 강한 거북은

우리가 인생의 기복에도 흔들림 없이 꾸준히 전진하도록 돕는다.

거북은 지구력과 평화적인 보호, 그리고 내면적인 지혜를 지지한다.

고래는 내면에 있는 깊고 광대한 지혜의 바다로 우리를 안내한다.

이로써 사랑으로 자신을 조율하면서 스스로에게 힘을 부여하도록 돕는다.

고래는 우주와 연결된 심장 박동을 들려준다.

자신을 신뢰하고 사랑하는 지혜를 가르치는 무스

무스는 어깨에 혹이 있으며, 굵고 튼튼한 몸통에 큰 귀, 늘어진 턱과 불룩한 코를 가져 위압적으로 보인다. 무스는 대체로 서두르지 않는 성격이나, 실제로는 매우 빠른 속도로 민첩하게 움직인다. 무스는 깊은 눈이나 물 그리고 돌이 많은 험한 지역을 통과하는 데 필요한 힘과 체력을 보존할 수 있다. 참을성과 현실적인 지혜, 꾸준한 결단력의 상징인 무스는 힘과 감수성의 균형을 취하며, 보이는 것이 전부가 아님을 가르쳐 준다.

혼자 다니거나 새끼를 데리고 북부 산림지대와 툰드라를 방랑하면서 풀, 관목, 나무의 잎을 뜯어먹는 무스는 혹한 속에서도 식량을 구한다. 이를 통해 오래된 지혜와 경험을 잘 조율하여 정신적인 능력을 각성시키고, 감춰진 지식에 접근하도록 우리를 돕는다.

무스는 후각과 청각이 예민해서 타자의 존재를 잘 인식할 수 있다. 발을 구르고 콧김을 내뿜고 소리를 지르면서 자기 존재를 알릴 때를 놓치지 않으며, 몰래 움직여야 할 순간도 잘 안다. 그리고 행동하기 전에 먼저 살피라고 가르친다. 연못이나 호수에서 머리를 물속에 박고 수초를 뜯어 먹는 무스를 보면 수용적이고 여성적인 에너지가 연상되며, 표면 아래 깊숙이 잠긴 자양분을 발견하려는 의지를 갖게 된다. 또한, 겁이 없고 단호한 성격의 무스는 자신에게 진실하라고 말하면서, 필요하다면 단호한 태도로 경계를 뛰어넘어 목표를 성취하라고 조언한다. 즉, 무스는 굳은 의지와 민감한 감각 사이에 폭넓은 균형을 취하고 있는 셈이다.

무스는 우리의 힘과 성취를 소중하게 여기며 자존심과 자신감을 강화시키고, 성취한 것을 축하하라고 격려한다. 그러나 자랑이 아닌 타인과 기쁨을 공유하고 동기를 부여하라는 의미이다. 결국, 무스의 지혜는 우리 자신을 신뢰하고 존중하고 수용하며, 사랑하게 한다.

Moose Says

"내면을 탐구하고
　　자신의 연관성을 발견하라"

우리에게 지혜는 안전과 지식, 경이와 사랑의 한가운데 자리하고 있어요

방랑을 즐기지만, 항상 땅과 연결되어 있기 때문에 우리의 인식은 더욱 깊어집니다.

방랑을 통해서 우리의 영토는 더욱 잘 알려지고 사랑받게 되지요

우리는 다른 동물들과 더불어 일하지만, 가끔은 사람과 함께하기도 합니다.

우리는 존재감과 느낌을 통해 가르치되, 이 땅의 강렬한 사랑에서 오는 확신으로 가르칩니다.

우리는 육지를 가로지르며 여행할 뿐만 아니라, 마음과 느낌으로 여행합니다.

이것은 대지와 깊게 접촉하는 동시에 땅의 수호자로서 교감하는 의식의 모험이지요

우리는 당신이 내면을 탐구하고 자신의 연관성을 발견하도록 돕습니다.

단, 그곳으로의 여정은 물론 당신 몫입니다.

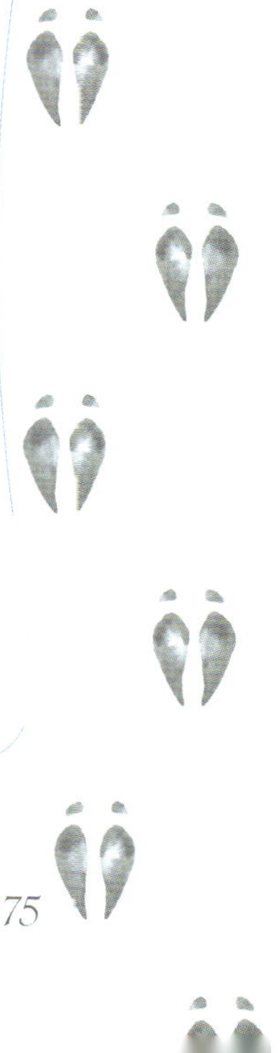

미지의 것을 보는 지혜의 메신저 올빼미

존경과 동시에 두려움의 대상인 올빼미는 달과 어둠, 영적인 세계와 연결되어 있다. 그래서 흔히 마법과 예언의 전달자이자 어떤 일의 징조로 여겨진다. 올빼미는 메신저이자 은밀한 지식의 보유자이다. 또한, 타인의 기만을 간파하고 남들이 놓치는 것을 포착한다. 이러한 특성으로 우리를 미지의 어둠 속으로 인도하여 눈을 뜨게 하고 감각을 조율하게 한다. 더불어 내면의 지혜를 발견하여 이를 따르도록 안내한다.

올빼미는 수백 종에 이르며, 크기와 능력에서 다양성을 보인다. 12.7cm에 불과한 선인장 요정 올빼미가 있는 반면, 털로 뒤덮인 발톱과 150cm나 되는 큰 날개를 가진 큰뿔올빼미도 있다. 놀라운 사실은 어떤 올빼미는 독수리보다 더욱 빨리 난다는 점이다. 능수능란한 포식자로서 올빼미는 곤충, 물고기, 토끼, 쥐와 같은 작은 동물을 잡아먹어 생태계의 균형을 유지한다. 즉, 통제하기 어렵고 압도적인 장애물을 제거하는 능력이 있다.

탁월한 시각과 예리한 청각 덕분에 올빼미는 미세한 것들까지 감지하는데, 어둠 속에서는 더욱 그러하다. 올빼미는 기민하고 민첩한 동작과 정확하게 감지하는 능력을 가르쳐 준다. 날카로운 소리나 휘파람, 울음소리를 통해 우리는 그들의 존재를 느낄 수 있다. 또한, 올빼미는 고요한 명상의 가치를 전하며, 결정적인 행동과 평정 사이에 균형을 잡는다.

'귀를 기울이고 관찰하며 분별하라!' 올빼미는 내면의 목소리에 귀 기울여 표면 아래에 있는 것을 보도록 우리를 재촉한다. 그리고 꿈과 두려움, 억압된 감정을 통해 정확한 비전과 분명한 방향을 제시한다. 우리의 지각에 주의를 모은다면, 올빼미의 지혜를 얻을 수 있다.

"명료한 비전과 정확한 행동으로
삶의 조화를 이루라"

우리는 오래된 지혜를 전달하는 '지혜로운 올빼미'입니다.

자신이 무엇을 원하는지 알고 있고, 적절한 때가 되면 원하는 것을 얻습니다.

우리는 명료한 비전과 정확한 행동을 가르쳐 삶의 조화를 이루도록 하지요.

우리는 감춰진 현실을 꿰뚫어볼 수 있습니다.

즉, 표면 너머에 있는 것과 모든 사물의 배치를 투시하여 더 큰 그림을 인식합니다.

무엇보다 순환하는 삶 속에서 우리의 위치를 잘 알고 있지요.

우리는 사물의 진리를 성찰하는 존재이기도 합니다.

꿈과 비전을 통해서 우리는 종종 사람들과 함께 비행합니다.

우리는 무척 애정이 많으나 사람들은 잘 알아채지 못하더군요.

당신이 올빼미의 눈으로 본다면, 우리의 애정을 깨닫게 될 거예요.

지혜의 선물을 당신과 나눌 수 있어 행복합니다.

땅이 주는 지혜를 충실히 지키는 거미

거미는 신비와 지혜의 상징이자, 태고의 창조적 디자인에 대한 수호자이다. 작지만 거미가 주는 지혜는 강력하다. 신화 속에서 거미는 창조주와 요술쟁이로 등장하여 세계와 운명을 좌우하며, 방심한 자들을 함정에 빠뜨린다. 땅이 주는 지혜를 충실히 지키는 거미는, 우리의 생각과 행동이 세계를 만든다는 사실을 알려 준다.

고대인들은 거미줄의 선, 각도, 패턴을 보면서 그 의미를 해석했는데, 이는 알파벳을 고안할 때 영감을 얻은 방법이기도 하다. 고대 언어와 상징, 신성한 메시지의 수호자인 거미는 우리에게 의사소통과 번역, 해석의 실마리를 제공한다. 또한, 상상력을 일깨워 주고 창의력을 고취하며, 예술적인 표현력을 갖도록 격려한다.

3만 5천 종이 넘는 거미는 모두가 신비의 존재이다. 포식자로서의 모습을 살펴보면, 늑대거미는 먹잇감에 살금살금 다가가며 함정거미는 몰래 숨어서 기다리고, 타란툴라 독거미는 벌레를 마비시킨다. 종에 따라서 깔때기, 돔, 천체 무늬 등 다양한 거미줄 무늬를 만들어 낸다. 유혹적이고 마술적인 거미줄은 통합과 조화, 기하학을 상징하며, 같은 무게의 강철보다 5배나 강하다. 거미는 진동에 예민하여 거미집에 전해지는 미세한 움직임도 간파한다. 이는 우리가 계획을 세우고 삶에 집중하면서 민감하게 반응하는 데 도움을 준다.

거미는 미래와 과거, 육체적인 것과 정신적인 것을 함께 결합하여 통일성을 이룬다. 책임감 있는 선택과 함께 우리가 가진 힘을 인정한다면, 중심을 발견하고 상호연결과 전체성을 느낄 것이다. 이것이 바로 거미가 주는 지혜이다.

"내면의 중심에서
창조의 실을 뽑아라"

우리는 신뢰를 가르치며, 날마다 새로운 날이 온다는 것을 믿습니다.

우리에게 신뢰는 지혜에 이르는 길이므로, 우리의 가르침은 '자신을 믿으라'는 것입니다.

당신은 당신의 세계와 인생, 그리고 새로운 나날에 영향을 미칠 수 있는 엄청난 힘을 갖고 있습니다.

우리는 항상 기획하고 끝없이 고안하는 현실에서 무한한 창조의 기쁨을 맛봅니다.

우리는 지속적인 교육을 지지하며, 당신이 인생에서 세세한 것들을 포착하기를 바랍니다.

거미집이 그러하듯이 섬세하고 작은 것들이 때로는 강력한 힘을 발휘함을 기억하세요.

우리에게 지혜란 내면에서 비롯되는 것입니다.

우리 안에는 기(氣)가 모이는 힘의 중심이 있으며, 이를 통해 무한성의 세계로 나아가죠.

당신도 그런 공간을 가지고 있으며, 바로 이곳에서 창조의 실을 뽑아낼 수 있어요.

우리와 창조를 연결하고 의미를 부여해 주는, 마치 탯줄과도 같은 곳입니다.

먼 옛날, 우리는 시인과 화가들에게 영감을 주고, 황제와 왕들에게 자문해 주었어요.

작은 거미가 어마어마한 일을 해낸다는 것을 꼭 기억하세요!

내면적 성찰의 지혜를 활용하는 거북

공룡 시대 이전부터 존재해 온 거북의 수명은 150세에 이른다. 거북은 평정심과 영속성의 상징으로, 선조들은 이들의 장수와 생존기술, 평온한 존재방식이 지혜를 증명한다고 믿었다. 거북은 인내하면서 신중하고 평화로운 길을 걸어가며, 핵심적인 지식 속에서 자아감을 성취한다. 수많은 신화 속에서 거북은 등에 창조물을 지고 나른다. 이때 거북의 껍질은 천궁에 해당하며, 몸은 땅, 배는 지하세계를 말한다. 거북의 껍질은 점성술의 도구이자 별자리의 은밀한 지도이며, 신성한 비문이기도 하다.

250종에 달하는 거북은 모습과 서식지가 다양하다. 바다거북은 가벼운 물결무늬의 껍질을 가지고 있고, 물갈퀴가 있는 긴 발을 이용하여 헤엄친다. 육지거북은 무겁고 단단한 껍질을 가지고 있는데, 땅딸막한 다리와 마디투성이 발로 걸으며 날카로운 발톱으로 흙을 판다. 한편, 민물거북은 물과 육지 어디에서나 살 수 있다. 거북은 땅의 지혜를 보호하고 바다를 순찰한다. 이로써 우리가 정서적인 바다를 부드럽게 헤엄쳐 나가도록 도와준다.

거북 대부분은 머리와 사지, 꼬리까지도 껍질 안으로 집어넣을 수 있다. 이처럼 거북은 폭력 없이 자신을 보호하며, 상황을 잘 판단한다. 위협을 받을 때는 일단 후퇴한 후, 다음 움직임을 깊이 생각하며 내부에서부터 해답을 찾으라고 우리를 가르친다. 즉, 내면적인 성찰의 지혜를 활용하라는 의미다.

거북은 세계를 존중하며 세계가 주는 양육과 치유의 사랑에 푹 빠져보라고 권한다. 자연의 리듬에 맞춰 감각을 심화시키고, 삶에 감사한다면 당신은 거북의 지혜를 실천하는 셈이다.

"더 깊은 곳을 찾아
지혜의 목소리를 들어라"

우리는 어머니인 대지와 깊이 연관되어 있어요.

우리의 가르침은 당신과 세계 사이에 조화를 추구하라는 것입니다.

그렇게 하면 지구는 우리 모두에게 더 살기 좋은 곳이 됩니다.

이것은 곧 사랑과 지혜를 의미하죠.

거북마다 제각기 다른 지혜를 갖고 있으며, 각자 자기 위치에서 지혜를 전합니다.

일부는 대양 속에 신성한 공간을 갖고 있으며,

대다수는 포괄적인 각성을 수호하고 물속 정류장에 안착합니다.

그 밖의 거북은 육지와 물 사이에서 지혜를 유지하기도 합니다.

'더 깊은 곳을 발견하라'는 메시지를 당신에게 드립니다.

지혜는 축적된 지식이 아니라 깊은 연결이 우리 안에 존재함을 느끼는 거예요.

또한, 지혜는 경험을 통해 자라납니다.

지혜는 때때로 부드럽게 말합니다. 가슴을 열고 우리의 조언을 경청하기 바랍니다.

가장 심오한 지혜를 가르치는 고래

고래는 우리에게 경외심과 경이로움을 느끼게 한다. 고래의 거대한 존재감과 우아한 동작을 숭배했던 고대인들은 고래를 '살아있는 섬'이라고 생각했다. 또한, 대양을 지배하는 현명한 수호신으로 여겼다.

바다 포유류인 고래는 숨을 쉬기 위해 물 위로 솟아오르며, 강력한 지느러미와 튼튼한 꼬리로 먼 거리를 여행한다. 거대한 크기의 혹등고래, 북극고래, 청고래는 노래하는 것으로 유명하며, 작은 무리를 짓거나 홀로 이동한다. 반면, 향유고래, 흰돌고래, 일각고래는 비교적 덩치가 작고 사교적이다. 고래는 잠수할 때 우주적인 깊이로 우리를 연결하며, 점프할 때는 땅과 하늘을 잇는다. 이로써 우리의 상상력과 탐구심을 자극하고, 창조력과 내면의 마법으로 우리를 유인한다.

예민하며 고도로 명민한 고래는 정서적인 치유의 바다를 항해하면서 억압된 감정과 공포, 외상 등이 의식의 표면으로 떠오르게 한다. 그리고 사랑에 의지하면서 감정의 터널을 헤쳐나가라고 말한다. 고래의 노래는 우리를 각성시키며, 다른 차원으로의 여행을 돕는 신성한 주파수를 제공한다. 고래는 우리를 일깨우고, 우주의 심장박동을 느껴보라고 속삭인다.

고래는 고대의 기억과 지혜를 간직하고 있다. 고래는 우리의 느낌을 신뢰하고 자신이 현명한 존재임을 깨달으며, 세상에서 다양한 경이감을 맛보라고 속삭인다. 또한, 우리가 만나게 될 미지의 방대한 영역을 신뢰하고 의식하여 행복한 삶을 이루라는 말도 잊지 않는다. 고래는 가장 심오한 지혜인 사랑에 호응하도록 돕는 존재이다.

"자기 자신을 사랑하라"

우리는 우주만큼 깊고 넓은 치유의 힘을 가지고 모두를 위해 사랑의 곡조를 노래합니다.

당신에게 꼭 전하고 싶은 말은 '자기 자신을 사랑하라'는 것입니다.

자신의 거대한 힘과 숨겨진 사랑을 어서 깨우세요.

우리와 함께 헤엄치거나 우리를 지켜본다면, 분명 사랑을 느끼게 될 거예요.

우리는 당신이 자신의 깊은 내면에서 평안히 휴식을 취하면서 우리와 함께하기를 바랍니다.

당신의 마음을 딱딱하게 만드는 것이나 무거운 짐은 던져 버리세요.

우리는 방대한 평화와 내면의 만족을 유지하므로 늘 쾌활하며 거대하지요.

우리의 지혜가 당신의 지혜와 전혀 다르지 않다는 걸 아세요?

곧 우리가 당신이니까요.

당신 안에서 우리의 침착함을 경험한다면 즉각 깨닫게 될 거예요.

우리는 당신과 사랑을 공유하기 원하는 고래입니다.

동물과 대화를 나누다

동물과 어떻게 대화할 수 있을까?

나는 그 원리를 이해하기 위해 온 정성을 쏟으면서 이 주제를 다룬 최초의 책을 집필하는 동안 꿈을 꾸었다. 그리고 그 책에 다음과 같이 썼다.

동물과의 의사소통을 위한 워크숍에 참가하던 중, 나는 문득 내 머릿속에서 만능 번역기를 발견했다. 볼록한 작은 점들로 이루어진 이 동그란 장치는 모든 동물의 생각과 느낌을 이해할 수 있도록 번역해 주었다. 놀라고 흥분한 나는 선생님이 혹시 번역기를 내 머리에 심어놓았느냐고 물어보았다. 그러자 선생님은 미소를 지으며 고개를 저었다.

"그건 원래부터 거기 있었어요. 단지 당신이 찾아내기만 하면 되는 것이었지요."

이 꿈은 우리가 모두 만능 번역기를 가지고 있다는 즐겁고도 놀라운 진리를 늘 떠오르게 한다. 동물과 대화하는 법을 배우는 데 필요한 것은 오직 '자기 자신'뿐이다. 동물은 항상 우리에게 이야기하고 있다. 우리가 해야 할 것은 단지 대화의 자리에 참여하고 경청하는 일이다.

처음으로 동물과 대화했을 때의 경험은 정말 잊을 수가 없다. 내가 평온한 마음으로 집중하여 글을 쓰고 있을 때, 몇 마리의 새들이 창문 밖에서 유리창을 스치며 퍼덕거렸다. 나는 그저 새들의 모습에 홀려 자리에서 일어나 창문으로 다가갔다. 내가 인사를 보내자, 새들의 대답이 내 마음속으로 전해져 왔다. 그런데 그 순간, 이상하리만치 친숙한 느낌이 들었다. 나는 질적으로 다른 새들의 생각이 내 생각과 섞이는 것을 느꼈고, 그들의 생각을 내 머릿속에 있는 소프트웨어와 언어를 통해 이해했다. 이러한 내면의 번역 과정은 아주 매끄럽고 간단명료했으며, 자연스러웠다. 마치 내가 동물과의 대화 방법을 예전부터 항상 알고 있었던 것처럼 느껴졌는데, 그것은 사실이었다. 머리뿐만 아니라 존재 전체로, 나는 새들과 깊은 상호이해 속에서 이야기하고 있었다.

동물과 대화하는 법을 배운다고 하면 이상하게 생각할지도 모른다. 그러나 우리가 의식적으로 이런 일을 한 것은 이미 오래전 일이다. 게다가 우리는 이런 일이 어떤 원리로 이루어지고 그 결과는 무엇인지, 또한 얻은 것을 어떻게 판단해야 하는 지에 관해 무의식적으로 알고 있을지도 모른다. 때때로 그냥 존재하는 자체가 어렵게 느껴질 때가 있다. 그러나 이것이야말로 비밀의 해답이다. 동물에게 마음을 열려면 우리 자신에게도 마음을 열어야 한다. 가끔은 먼저 우리가 마음대로 하던 것에서 벗어날 필요가 있다. 우리의 모든 행동과 습관에서 자유로워질 때, 비로소 동물과 대화를 나누는 놀라운 순간이 온다.

동물과 대화하는 법

1단계 | 평온한 마음을 가져라

계획을 세우고 생각을 바꾸고 여러 가지 일을 동시에 하며 세상을 통제하고자 할 때, 우리의 마음은 소란으로 가득하다. 불행하게도 이런 습관 때문에 우리는 항상 깨달음의 중심에 이르지 못한 채 겉돌게 된다. 진정으로 자신과 동물의 이야기를 듣기 원한다면, 우선 마음을 차분히 가라앉히기 바란다. 더 깊숙한 곳으로 들어가 자기 마음을 평온하게 한 후, 내면의 목소리, 기대와 판단, 그리고 사물의 본질에 관한 생각들을 자유롭게 풀어주어야 한다. 자, 지금 심호흡을 하면서 내면에 텅 빈 공간을 만들어 보자. 부디 평온하고 조용한 당신 존재의 중심에 서서 이 순간을 즐기기 바란다.

2단계 | 마음을 열어라

세상을 경험하는 습관적인 방식을 떨쳐버릴 때, 우리의 감정을 더 잘 인식하고 사물의 본질을 더 민감하게 느낄 수 있다. 일반적으로 동물은 개인이 가진 성격이나 특징을 읽는다. 현재 이 자리에 있는 내가 누구인지를 인식하면서 진정한 대화에 마음을 열게 된다. 즉, 우리의 삶이 진실한 모습을 드러내는 것이다. 대화에 참여하고 주의를 기울이며 호기심을 가져라. 그러면 새로운 관계가 펼쳐질 것이다.

3단계 | 깊이 경청하라

우리는 동물처럼 감각을 통해 세상을 경험한다. 우리가 질문을 던질 때 동물은 감정, 이미지, 대화, 혹은 일련의 의식을 통해 의견을 주거나, 독특한 경험을 공유하면서 반응한다. 마음속에 펼쳐진 풍경을 보고 동물의 생각을 들으며, 감정 혹은 신체적인 감각을 느낄 수도 있다. 우리 모두에게 있는 만능 번역기는 화자와 청자를 친밀하게 연결하며, 상호 이해와 인식을 강화하여 모든 경험을 창조적으로 해석해 준다.

모든 대화는 더 깊은 관계를 열어 주는 열쇠이다. 자신을 믿기 바란다. 언제 동물과 연결되는지는 저절로 알게 될 것이다. 만약 도움이 필요하다면 동물에게 요청하라. 모든 동물은 우리의 능력을 자극하고 창의성을 일깨우며, 우리가 쉽게 해석하도록 돕는 방법을 고안해 낼 것이다. 특히, 우리가 진심 어린 관심을 기울인다면 더욱 그러하다.

이제부터 긴장을 풀고 탐구하며 즐겨라. 우리가 마음을 열고 다른 이들에 대해 좀 더 배우려고 할 때, 자신에 관한 것도 많이 깨달을 수 있다. 경청하는 방법을 배우고 듣고 느끼면, 심오한 우리의 본질과 만나게 된다. 그리고 축제의 자리에서 동물과 함께할 것이다.

동물과 연대하다

이 책은 사람과 동물이 서로 협력하여 만든 합작품이다. 나는 종종 동물이 말한 것에 놀라워하며, 그들이 전해 주는 깊이 있는 내용을 존중한다.

나는 때때로 인간적인 방법을 이용한다. 우선 동물이 등장하는 신화, 고전 문헌, 과학, 예술, 꿈, 문학 자료 등을 통해 정보를 수집한 후, 동물의 종을 주제로 연구하고 글을 쓴다. 그러나 정작 내가 좋아하는 것은 동물에게 마음을 열고 그들의 조언이나 가르침을 구하는 부분이다. 연구하는 도중 나는 동물의 에너지를 느낄 때도 있다. 즉, 도움이나 명쾌한 설명을 해주려는 그들의 모습에서 흥분과 열정을 느낀다. 또한, 내가 연구를 시작하기 전에 잘못된 부분을 바로 잡아주려고 그들이 먼저 말을 건네기도 한다.

이것이 바로 동물과 연대하는 방법의 한 예이다. 이렇게 해서 나와 수많은 동물은 당신과 가르침을 나누는 방법을 발견했다.

이 책에 삽화를 그린 올라 리올라(Ola Liola)는 그림을 그리는 동안 동물과의 관계가 심화하였고, 그들과 교감했다고 고백했다. 출판을 위한 작업이 진행되던 중, 그녀는 나에게 편지를 보냈다.

"내가 그림을 그릴 때, 교감은 물론이고 그 과정 자체가 동물의 본질을 깊이 이해하고 동물에게 다가가는 데 도움이 되었어요. 제일 먼저 그런 경험을 한 것은 고양이를 그릴 때였죠. 독립심 강한 고양이를 그리기 시작한 이후, 나는 서서히 그들과 사랑에 빠지게 되었어요. 나는 평생 개와 살았기 때문에 이들과 접촉할 일이 없었죠. 그래서 내게 고양이는 매우 소원한 존재였습니다. 그러나 그림을 그리고 채색하는 과정에서 고양이와 내가 행동이 유사함을 발견했고, 지금은 몇몇 특성을 서로 연결하고 있어요. 새로운 동물을 그릴 때마다 깊은 친밀감을 느끼며, 그것이 나를 풍요롭게 해준다는 점을 깨닫지요. 가끔 나는 나 자신을 동물과 비교하고, 무의식 속에서 마치 이들의 일부가 된 것 같은 느낌이 듭니다."

동물과 작업할 때, 우리는 더욱 큰 차원의 동물 에너지 혹은 영혼에 의지한다. 그러나 동물의 지혜는 예기치 않은 비범한 방식으로 동물을 통해 우리에게 전달된다. 문제는 우리가 과연 경청하고 있느냐에 있다.

이 책에 실릴 동물의 목록을 뽑고 난 후, 어느 날 아침이었다. 종달새 한 마리가 창틀을 끈질기게 쪼아대며 나와 남편을 깨웠다. 남편이 쫓아냈지만 고집스러운 그 종달새는 다른 창문으로 날아가서 다시 쪼아댔다. 그 순간 내가 목록에서 종달새를 제외했으며, 이 새가 책에 실리기 원한다는 것을 깨달았다. 나는 당장 실행에 옮겼다. 그러자 종달새는 다시는 창문을 쪼지 않았다. 그 후 종달새를 연구하던 중, 종달새가 새로운 시도에 영감을 주고 창조력을 북돋우며, 변화의 지혜를 가르친다는 사실을 알게 되었다.

동물은 선생님이자 멘토의 모습으로 다양한 이유를 가지고 우리에게 다가온다. 그리고 몇몇은 평생 우리와 함께한다. 일반적으로 우리의 영적 본성에 호소하며, 장기적 목표와 인생 전반에 적용할 만한 교훈을 전해 준다. 우리가 특정한 도전이나 모험에 직면했을 때 다가오는 동물도 있다. 몇몇은 우리를 격려하기 위해 특별한 교훈을 들고 나타나기도 한다. 수업이 끝나면 그들은 떠나가지만, 때로는 이별의 메시지를 남긴다.

한편, 메신저로 나타나는 동물도 있다. 그들의 가르침은 순간에 관한 것이며, 기회가 지나갈 때나 선택의 순간에 신호를 보내기도 한다. 또한, 모호한 것을 명확하게 해주고 주의를 보내는 동물도 있다. 때로는 멈춰야 할 때를 알려 주며 도약을 위해 용기를 주고, 영적 통찰력이 떠오르도록 자극할 때도 있다.

마지막으로, 몇몇 동물은 우리가 가진 어두운 요소와 대면하는 것을 도와준다. 억압된 공포를 폭로하고 어두운 감정을 끄집어낸다. 그리고 우리가 치료받을 준비가 되어 있는지 확인하려고 시험할 때도 있다. 이런 동물과는 함께하기 어려울지도 모르나, 우리는 결국 큰 보상을 얻는다. 이들은 가장 강력한 안내자라고 볼 수 있다.

동물은 항상 우리 곁에서 선생님, 조력자, 조언자, 동반자, 그리고 친구로 존재하고 있다. 우리가 깨어서 주의를 기울이며 정직한 관계를 통해 마음을 열고 배울 준비가 되어있다면, 동물과의 연대를 통해 많은 혜택과 경이로움을 누릴 수 있다. 무엇보다 동물은 사랑의 마음으로 우리를 편안한 곳으로 인도할 것이다.

ANIMAL TEACHINGS 애니멀 티칭

초판 1쇄 발행 2013년 3월 25일

지은이 돈 바우먼 브런
그린이 올라 리올라
옮긴이 임옥희
펴낸이 박진영
편집 김윤정
디자인 su:
마케팅 정복순
제작 이수현
펴낸곳 머스트비
등록 2012년 9월 6일 제396-2012-000154호
주소 경기 고양시 일산동구 백마로 223 현대에뜨레보 325호
전화 031-902-0091 | 팩스 031-902-0920 | 이메일 mustb0091@naver.com

잘못된 책은 구입하신 곳에서 바꿔드립니다.
책값은 뒤표지에 있습니다.

ISBN 978-89-98433-04-8 13840

이 도서의 국립중앙도서관 출판시도서목록(CIP)은 e-CIP홈페이지
(http://www.nl.go.kr/ecip)와 국가자료공동목록시스템(http://www.nl.go.kr/kolisnet)에서
이용하실 수 있습니다.(CIP 제어번호: 2013001082)